カラフル

Colorful

Abe Akiko

集英社

もくじ

装画＝禅之助
装丁＝成見紀子

カラフル

Colorful

第一章

泥棒、という声がホームに降りた途端に聞こえた。

耳に突っこんだワイヤレスイヤホンからガンガン音楽を流している状態でも聞こえたのだから、それは実際には叫び声だったはずだ。伊澄《いずみ》は驚いてイヤホンを抜きとりながら、声がしたほうをふり向いた。

「お財布を盗られました！　泥棒です、捕まえてください！」

電車からぞろぞろと降りてくる乗客の中に、必死の形相で叫んでいる中年女性がいた。ほとんど同時に、ニット帽の男が弾丸のようにとび出してきた。進路をふさぐ人間を突き飛ばしてなりふりかまわず走っていく姿は、まさしく泥棒という感じだ。こういう事件を目撃したのは初めてでまるで現実感がなく、犯人を追いかけるとかいうことは頭に浮かばなかった。

だが一秒後、とんでもないことが起きた。

朝のラッシュ一歩手前の時間帯、ホームに停車した電車は四両編成だ。伊澄が乗ってきたのは最後尾の四両目で、男がとび出してきたのも同じ車両だった。窃盗犯は次々と人を突き飛ばしながら、ホームと改札をつなぐ跨線橋《こせん》を目指し、電車の一両目方向に走っていく。

一両目の前方のドアから、水色の車いすに乗った少女が駅員の渡したスロープを伝って降りてきた。ショートヘアの黒い髪に天使の輪ができている。濃紺《こん》のブレザーとプリーツスカートの制服は、伊澄と同じ宮城県立綾峰《りょうほう》高校のものだ。

街なかに現れた野生動物のように突進してくる男を目にすると、乗客たちはどよめきながら両脇にとびのいていく。モーセに真っ二つに割られた海みたいに。車いすの少女も、何か喚きながら走ってくる男に気づいて目を見開いた。そのまま身動きせずにいればよかったのだ。そうすれば泥棒のほうが勝手に避けていったはずだ。

しかし車いすの少女は、あろうことかタイヤについたリングを握り、勢いよく泥棒に向かって前進した。

それは操作ミスなどではなく、犯人を足止めするつもりなのだということが、おびえなんて一切ない彼女の顔つきからわかった。群衆の中から襲ってきた暴漢を、泰然と見据え返す女王みたいな顔をしていた。

伊澄は走り出した。

自分と少女の距離は目測で六十メートル強。中学三年の時に計測した百メートルのベストタイムは10秒94だった。もうあの速さで走ることは絶対にできない。それでも脚《あし》の筋肉のギアを入れ替え、スニーカーでコンクリートを蹴《け》った瞬間、耳もとで風を切る音がした。

「そこどけっ！」

怒声を浴びせられても、少女は泥棒をにらみつけて動こうとしない。なんて気の強い女だ。突進していく泥棒と追いかける伊澄の距離が詰まり、めいっぱい伸ばした右手の中指の先っぽが男のジャンパーの後ろ襟《えり》にふれた。指をフックみたいにして思いっきり引っ張った。「うわっ」と声をあげながら男が引っくり返った。

止まり切れずに伊澄は窃盗犯をよけてさらに数メートル走り、少女にぶつかる寸前でサイドステップの要領で車いすの後ろに回り込んで、背もたれの上部についている介助用のハンドルを握って車両側に引っ張った。男から遠ざけようと思ったのだ。しかし全力疾走《しっそう》のスピードがまだ残っている状態で引っ張ったので、勢いがつきすぎたらしく、少女が小さく悲鳴をあげた。すまない、俺は何にせよあんまり細やかじゃないんだ。

伊澄は少女の降車を手伝っていた、穏やかそうな丸顔の駅員に声をかけた。

「確保とか通報とか、そういうのお願いできますか」

「はっ。全部一瞬すぎて、おじさん何が何だかわかんなくなってたよ……勤続三十年で初めてだなぁ、こんな騒ぎは」

制服の下のお腹《なか》がまるい駅員は、うめきながら起き上がった犯人の腕をつかみ、「じっとしてね。もう変なことは考えちゃだめ。あなたまだお若いんだから、こんなことで人生を台無しにしちゃいけないいよ。ね?」と人情味ある口調で説得しながら、制服の胸ポケットから携帯電話をとり出した。どこかに連絡を入れると、すぐに同じ制服を着た駅員が走ってきた。今度はもっと若い、体つきも屈強な男性だ。若い駅員が大人しくなった男を見張っている間に、おじさん駅員のほうが財布を盗られたと主張する中年女性の話を聞き、またどこかに電話を掛けた。警察だろう。ここ綾峰駅は交番が隣接している。

「あの、放してもらっていいですか」

低めのアルトの声で話しかけられ、伊澄は視線を落とした。車いすの少女が背もたれ越しにこっちを見上げていた。——面食らうくらい、冷ややかな視線だった。

放せというのが、自分の握っている介助用のハンドルだということに一拍おいてから気がついた。言われた通りにすると、少女は両輪のタイヤに取り付けられたリング——そういえば小学生の時に『福祉体験授業』というのを受けたのだが、このリングは確か「ハンドリム」といった——を操作して、車いすを方向転換させ、伊澄と正面から向き合った。少女の小ぶりな白い顔は、伊澄のみぞおちの高さにある。

「初対面の人に、いきなりこういうことを言うと気分を悪くさせるかもしれないですけど」

丁寧な言葉遣いのわりに、少女の目つきと声は鋭い。

「なんの声かけもなしにハンドルを引っ張ったり、車いすの向きを変えたりするのはやめてください。ユーザーをすごくびっくりさせます。私も今、寿命が十五分くらい縮まったと思う。あなたも自分の身体《からだ》を勝手につかまれて勝手に振り回されたら愉快じゃないですよね？　今後、もし別の車いすユーザーに接する機会があったら、そのへんのことを気にかけてください」

彼女の言うことはもっともだ。自分のやり方に非があったことは認める。しかしこっちだって彼女の安全を考えてやったんだし、非友好的な態度で言われるとカチンときた。

「それは悪かったけど、あんたもどうかと思う」

「どうかと思うって？　どういうことですか？」

「逃げないで逆にとび出しただろ。あんた車いすなのに」

「私が、車いす？」

ことさらゆっくりと彼女はくり返した。やたらと美しい発音、やたらと通りのいい発声だ。少女は笑っているのに、なんとも不穏な気配を感じた。

「あなたには私が車いすに見えるんですか？　そうなんですか、びっくり。でも私、車いすじゃないですよ。車いすを使っている車いすユーザーではあるけど、私は霊長類ヒト科ヒト属のホモサピエンス、つまり人間であって、車いすじゃない」

実力派女優みたいな迫力ある台詞《せりふ》まわしに内心たじろぎつつ、負けるのは癪《しゃく》でこっちも眉を吊り上げた。

「それは単なる言い間違いで」

「単なる言い間違いかもしれませんけど、ここで意見を言わなかったら、あなたはまたいつか車いすユーザーの人に同じ言い回しをするかもしれないと思ったから言わせてもらいました。出すぎた真似をしてごめんなさい。助けてくれてどうもありがとう」

それ以上の反論を封じるように、彼女はにこりと笑う。笑顔に妙な凄《すご》みがあって、次の言葉が出てこなくなった。

「おーい、渡辺《わたなべ》さん！　あと君、俊足の少年！　申し訳ないけど、ちょっと二人とも事務室まで来てもらえる？　今から警察の人が来るから、少し話を聞かせてほしいんだ」

おじさん駅員が手を振っている。渡辺というらしい少女は「はーい」と打って変わってほがらかに返事をすると、ハンドリムを握って車いすを前進させた。車いすなのに、と驚くほど動きがなめらかで、ひとこぎで意外なほどの距離を進んでいく。二つの車輪が回転する音は、やわらかい雨の音に似ていた。

駅の事務室に行くには、階段を上ってホームに架けられた跨線橋を渡る必要がある。それなのに彼女は階段を通りすぎてどこかに行こうとするので、伊澄は思わず声をかけた。

「どこに」

「もちろん、エレベーターですよ。私、車いすなので、エレベーターを使わないといけないんです。足の速いあなたは、どうぞお先に」

あえて「車いすなので」と言ったのは、さっきの失言に対する当てこすりに違いない。彼女の笑顔が異様に潑剌《はつらつ》としていたので、間違いない。

颯爽《さっそう》とエレベーターに向かっていく背中を見つめて、はっきりと思った。

ヤな女だな。

「少し話を聞かせてほしい」ということだったから、さっき自分が見聞きしたことをちょっと訊《き》かれてすぐに終わるのだろうと思っていたが、そうはいかなかった。
まずは泥棒の男――ニット帽の下の顔は思っていたより歳《とし》を取っていた――が「俺はやってねぇ！」と暴れてなかなかパトカーに乗らず、財布を盗られた女性も「あれはミラノで買った一点もので！」と興奮状態、警察官が二人を警察署に連れていくまでに時間がかかった。その間、事務室に通された伊澄と車いすユーザーの少女は、駅員の長谷川《はせがわ》さんが「これでも飲んで、おじさんこれが大好きなんだ」と自販機で買ってきてくれた温かい缶入りの甘酒を飲みながら待機していた。事務室はさほど広くもない部屋に灰色のデスクが置かれている。机の上に書類やファイルが積み重なって雑然としている風景は学校の職員室とよく似ていた。ただ、電車に関する手続きをするものらしい機械やモニターがいくつもあるところ、神棚があるところ、工事現場でよく見かける緑十字の旗があるところは駅らしかった。

「お待たせしてすみません」

ようやく制服の女性警察官が事務室に現れたのは三十分ちょっとが経《た》った頃で、事務室の壁掛け時計は八時十分を指していた。ただ、それでも学校に到着しなければならない時間まではまだ余裕があったし、遅れたところで困ることもない。伊澄はのんびり構えていたが、車いすユーザーの少女はそわそわと何度も壁掛け時計を見上げていた。

まず名前を訊かれたので、フルネームを名乗った。彼女は「渡辺六花《りっか》です」と歯切れよく答えた。次に学校名と学年を訊かれて答えていく。今日制服を着ているということはたぶんそうなんだろうと思っていたが、やっぱり渡辺六花も伊澄と同じ新入生だった。

女性警察官は物腰がやわらかく、緊張せずに話すことができた。叫び声を聞いたこと、ニット帽の男を追いかけて捕まえたこと、自分が覚えていることをそのまま話した。渡辺六花も訊かれたことに簡潔に答えていた。泥棒から逃げるどころか、泥棒の前にとび出していく猛者《もさ》なのでさすが落ち着いている、と思いきや、六花はメモを取っていた警察官に「あの」と意を決したように声をかけた。

「私、自分に話せることはもう全部話したので、これで失礼していいですか」

「あ、ごめんなさい、もう少しだけ」

「今日は入学式なんです」

警察官が「ああ」と眉を上げた。

「そうでしたね、公立校は今日ですね」

六花と伊澄が入学する綾峰高校では、開式は朝九時の予定だ。事務室の壁掛け時計はすでに八時半をまわっていた。

「私、どうしても今日の式に出なくちゃいけないんです。そろそろ出ないと遅れちゃう……というか今からでも私は間に合うかどうか微妙なんです。だからもういいですか？」

警察官は困った表情を浮かべている。いいかどうかは明らかだ。

普段はこういう時に口をはさむことはしないのだが、六花が自分の数倍は真剣に入学式に出席したがっているのが伝わってきたので、伊澄は警察官に小さく手を挙げてみせた。

「この人は別に何もしてないんで、いなくても問題ないと思います。あとは俺が話すので、行かせてあげてください」

六花は驚いたようにこちらを見て、顔をしかめた。

「いなくても問題ないって言われると、それはそれで腹立たしいんだけど」

「あんた面倒くさいな……そういうことにしとけばいいだろ」

「でも、荒谷伊澄《あらや》くん？　あなたはいいの？　入学式、親御さんもいらっしゃるんじゃ」

「親は仕事があるので来ません。式に出ても出なくても、高校生になるのは変わらないんで」

「うーむ、令和の男子高校生はクールだなぁ」

なぜか長谷川さんまでが感心したように言う。警察官はしばらく考えこんでから、六花に頷《うなず》きかけた。

「わかりました。渡辺さん、ご協力どうもありがとうございます。ここまでけっこうですので、行ってください。でも、おひとりで大丈夫ですか？　介助などは必要ないですか？」

「ご心配ありがとうございます。ひとりで大丈夫です。失礼します」

隙《すき》のない笑顔で応じた六花は、熟練のタクシードライバーみたいに大胆《だいたん》かつ美しいハンドリム捌《さば》きで車いすをバックさせた。

「長谷川さん、今朝はありがとうございました。これからもよろしくお願いします。帰りは十二時三十二分発の電車に乗ります」

「はい、承知しました。気をつけてね、渡辺さん。いってらっしゃい！」

「はい、いってきます」

ガッツポーズで見送る長谷川さんに、笑顔で応《こた》えた六花は、事務室を出ていった。

と思ったらすぐに戻ってきて、一直線に伊澄のところにやってきた。

「何組?」

「はい?」

「自分のクラス、もうホームページで確認してるでしょ? 一年何組? 担任の先生に事情があって遅れるって話しておくから教えて」

別にそんなことはしてもらわなくてもいいのだが、六花の視線があまりにまっすぐなので、引っ張られるように答えていた。

「C組」

「え。同じだ」

「……へー」

「その顔、どういう意味? じゃあ先生には話しておくから。——どうもありがとう」

最後の感謝は、何に向けられたものなのかわからなかった。問い返す前に六花は華麗な車いす捌きで方向転換して、今度こそ事務室から出ていった。

聞き取りはそれから十分ほどで終了した。「ご協力ありがとうございました」と丁寧に礼を言う女性警察官に伊澄も頭を下げ、ついでに駅員の長谷川さんにも甘酒のお礼を伝え、通学用のリュックを背負った。中学までは学校指定のウォーキーザックを使っていたので、まだ背中に当たる感触の違いに慣れない。失礼します、と事務室を出ていきかけて、ふと思いつき、伊澄は長谷川さんのところに戻った。

「ちょっと訊いていいですか」

「ん？　何かな、俊足少年」

「あの渡辺さんって、ひとりで電車に乗ってきたんですか？」

「そうですよ。北崎《きたざき》からね」

ここから五つ前の駅だ。ちなみに伊澄は二つ前の駅から乗ってきた。

「そんな遠くから、ひとりで大丈夫なんですか」

「渡辺さんは、上半身は問題なく動くし、とてもしっかりしてるお嬢さんだからね。もちろん電車の段差なんかは車いすじゃ対応できないから、そこはわたくし長谷川がスロープを出したり、乗りこむのをお手伝いしたりするんですけどもね」

さっき六花と長谷川が話していたことを思い出した。

「今朝はありがとうとか、帰りもよろしくとか、あれ、スロープのことですか？」

「そうそう。学校のある日は基本的に今日、君も乗ってた七時半着の電車で来ることにしてあるから、到着時間に私が待っていて、スロープを出すんですよ。帰りも同じように時間を決めて待っていて、電車が来たらスロープを出して、渡辺さんに乗ってもらう」

「……それ、毎日やるんですか？」

「そりゃね。明日になったら段差と隙間がなくなるわけじゃないから」

「でも毎日って、かなり大変ですよね」

「ほんとにねぇ。車いすでそのままスーッと電車に乗りこんでもらえたら、スロープを出すのを待ってもらわなくてもいいし、いちいち時間を決めて電車に乗って、それに乗れない場合は駅に連絡を入れて、なんて手間をかけてもらわなくてもいいんだけどね。でも、すぐにすべての車両と駅構内をバリアフリーにしよう！　って言っても、現実はそんなにうまくいかないから……ほら、大人の事情で……おじさんがビル・ゲイツみたいな億万長者だったら、ちょちょいのちょいで駅も電車もリフォームして不便な思いをさせないんだけど」

大変だ、と言ったのは長谷川さんが毎日行うスロープ出しについてだったのだが、長谷川さんは六花の大変さを嘆いている。正直、六花がどんな不便な思いをしているかなんて頭に浮かびすらしなかったから、少し恥じる気持ちになった。いちいち決まった時間の電車に乗らなければいけないのも、それができなかったら連絡を入れなければいけないのも、確かに不便だ。

「それより少年、君も急いで行かないと。一生懸命勉強して、それで見事合格して今日という日を迎えたわけでしょう？　やっぱり一生に一度のおめでたい日だし、入学式はちゃんと出たほうがいいよ。今日はありがとうね。しかし走ってる君、かっこよかったな！　まるでウサイン・ボルトみたいで」

ボルトなんて短距離の神様と比べられても困る。でも長谷川さんが心から褒めてくれていることは笑顔からわかったので、伊澄は改めて頭を下げ、今度こそ事務室を出た。

改札を抜けて駅舎の外に出ると、透きとおった水色の空に極薄のレース模様の雲がかかっていた。空の水色から六花が使う車いすを思い出しながら、ロータリーに沿って作られた石畳《いしだたみ》の道を歩いていく。バスが半円形のロータリーをゆっくりと回り、駅前の二車線道路に出ていった。まだ花が咲いていないいつつじの植え込みでは、昨日の夜に降った雨の名残《なごり》が葉っぱの上できらきらと水晶の粒みたいに光っていた。

歴史と緑と海に恵まれた杜《もり》の都、仙台《せんだい》。の隣にひかえめに存在する綾峰市は、何事もほどほどの街だ。ほどほどに開発され、ほどほどに問題も抱えている百平方キロメートル弱の土地に、ほどほどの人口を抱えている。

駅前通りには、いくつかの飲食店に服や雑貨や書店などの店舗、それから新築のマンションが並んでいる。ほどほどに栄えた通りには、数カ所に地下道の入り口がある。そのひとつから階段を下りて地下道に入り、二車線道路の対岸に出た。伊澄は歩きながら制服のスラックスからスマホをとり出した。

八時四十七分、と確認した瞬間に数字が動いて、四十八分になった。

駅から綾峰高校までは一本道で、歩いてだいたい十五分くらいだ。

その気になって走れば、九時前には学校に着く。

だが絶対にそんなことはしないという固い意志で、むしろ何かに反逆するような気分で、伊澄はのんびりと通学路を歩いた。ひっきりなしに車が行きかう道路沿いの歩道をしばらく進むと、奥羽《おうう》山脈に水源を持つ一級河川に架けられた橋に出る。そこが市街地との境界線のようになっており、橋を越えると、風景はじょじょに建造物よりも雑木林や田畑の緑のほうが多くなっていく。ガサッと音がしたほうをふり向くと、道路わきの林の木の枝にリスがいて、伊澄と目が合うなり猛スピードで幹を駆けあがって姿を消した。

農家の人が、田んぼに赤いトラクターを走らせて土を耕している。通りかかった畑の畝《うね》で、何かの野菜が青々と細長い葉っぱを広げている。まばらに建つ民家には駐車スペースがあるところがほとんどだ。仙台ほど公共交通機関が充実していない綾峰では、大抵の世帯が自動車を持っている。伊澄の家では母がバイクを持っているだけだが。

のどかな一本道は、ある地点を境に二手に分かれる。これまで通り道路に沿って続いていく道と、見事な桜並木の中に入っていく細い道。この桜並木の道の突き当たりに建つ白い校舎が、県立綾峰高校だ。何事もほどほどの綾峰市を象徴するような、偏差値も知名度もほどほどの田舎の進学校で、でも歴史だけは古い。

よく映画などでは卒業式と入学式の時期には桜の花びらが舞っているが、伊澄はそんな光景を見たことがない。四月上旬の東北では桜のつぼみはまだ固いし、綾峰高校の八十本を超える桜の木も枝が骨のようにむき出しの状態だ。ただ、遠目に見ると、開花の時を待つ桜並木全体がうっすらと赤く色づいて見える。

校門から入って石畳の道を歩き、ひと気のない昇降口にたどり着いた。各生徒の所属クラスはあらかじめ学校関係者限定のホームページで知らされている。一年C組。どこだ、ここか、とC組の靴《くつ》箱を見つけて、自分のスペースにスニーカーを突っこんだところで、

「荒谷くん？」

と大きな声をかけられた。

ボブヘアの若い女性が駆けよってくる。牛乳にほんの一滴だけ、青い絵の具を落としたみたいな色合いのスーツを着ていた。

「荒谷伊澄くんだよね？」

「そうです」

「よかった！　私、一年C組の担任、矢地《やち》めぐみです。渡辺さんから話は聞きました。駅でのこと、お疲れさま。すごく勇敢で偉いと思う。それで、来たばっかりなのに申し訳ないけど、

もう式もだいぶ進んじゃってるから教室には行かないでこのまま体育館に向かいましょう。荷物も全部持ってついて来て」

にこやかだが焦りが伝わってくる早口で言った矢地は廊下を歩き出した。伊澄はあえて自分のペースでリュックから上履《ば》きを出し、きちんと紐《ひも》を結んでから担任のあとを追った。「どうしたの、大丈夫？」と矢地は廊下のずっと向こうで一度じれったそうにふり返り、廊下を左手に曲がった。

屋根があるだけで壁がない吹きさらしの渡り廊下をまっすぐに進んだ先が、入学式の会場の体育館だ。コンクリートの床を歩いていると、風が運んできた砂ぼこりのせいで上履きの裏がじゃりじゃりした。体育館の出入り口には三段だけの階段がある。綾峰駅でエレベーターを使うために階段の前を通りすぎていった、彼女の後ろ姿が脳裏によぎった。

「あの、渡辺さんってここどうやって……」

「しっ！　話はあとで聞くので、今は静かに」

矢地が重たそうな両開きの鉄扉《てっぴ》を開けると、体育館の後ろのほうに並んでいた保護者たちがいっせいにふり返った。遅刻してきた男子生徒に無言で注目し、何事もなかったように目を逸《そ》らす。こういう時はそうするものだというマニュアルでもあるみたいに動きがそろっていた。

「C組の席まで移動すると目立っちゃうから、そこの椅子《いす》に座って」

矢地がひそひそ声で言いながら指したのは、保護者席の後ろにぽつんと置かれたパイプ椅子だった。伊澄はリュックを下ろしてパイプ椅子に腰かけた。ギッ、と椅子が軋《きし》んで保護者の何人かがまたふり向いたが、知らんふりしてリュックを椅子の下に押し込んだ。

すごく高い天井と、だだっ広いフローリングの床の空間は、壁に紅白の垂れ幕がめぐらされている。保護者席の前方に新入生用の席があり、出入り口からステージまでは朱雀大路《すざくおおじ》みたいな一直線の通路ができている。

『続いて、新入生代表挨拶《あいさつ》にうつります』

スタンドマイクの前に立った男性教諭が深い声で司会をしている。ホームページで予告されていた式次第だと、新入生代表挨拶はわりと後ろのほうにあった。ぶらぶら歩いてくるうちに入学式も後半に入っていたようだ。

入学式で挨拶をまかされるのは、入学試験でトップの成績をとった生徒だと聞いたことがある。ひとりだけ離れたところからとくに興味もなく体育館に並んだ無数の頭をながめていると、さっき案内してきてくれた矢地が、マイク付きのスタンドをステージ前に運んできた。伊澄は背もたれに寄りかからせていた身体を起こした。

体育館のそこかしこで小さなざわめきが起きた。それはそうだ。新入生代表はそれまで校長や来賓《らいひん》がそうしていたようにステージに登壇して挨拶するはずなのに、矢地はステージの下にマイクをセットした。しかも二百十人の新入生とその保護者が見守る前で、マイクスタンドの高さを調整する。……低い。あれじゃまるで子供用だ。

やわらかい雨音みたいな車輪の音が聞こえてきた。

生徒たちの列から進み出た車いすの少女が、体育館の中央をつらぬく通路を進み始めると、ざわめきはさらに大きくなった。渡辺六花は毅然《きぜん》と顔を上げて進み、スタンドマイクが置かれた場所にたどり着くと、ハンドリムを操作して生徒と保護者たちのほうに向き直った。キュッとタイヤと床が擦《こす》れる音が響いた。

『新入生代表、渡辺六花』

タイミングを計っていたのだろう司会の男性教諭が名前を呼ぶと、六花は丁寧に一礼した。濃紺のブレザーの内ポケットから白い封筒を抜き出し、丁寧に折りたたまれた原稿を広げて、それを読み上げようとしたところで、小さなトラブルが発覚した。

マイクスタンドが彼女にはまだ高すぎたのだ。原稿を読む場合、どうしてもうつむきがちになるから、これではマイクがうまく音を拾わない。矢地があわてた様子で戻ってきたが、どうやらスタンドはこれ以上低くできないらしい。矢地の顔に焦りが浮かび、離れてながめていた伊澄も落ち着かなくなってきた。

しかし六花は動揺を見せず、矢地に何かを話しかけた。頷いた矢地がマイクをスタンドから外して渡すと、六花は聴衆に向き直った。

『暖かな春の風が吹き始めた今日、私たち全二百十名は、無事にこの綾峰高等学校の入学式を迎えることができました。本日はこのようなすばらしい入学式を開いていただき、ありがとうございます。初めての登校に緊張しながらくぐった門でしたが、先輩や先生方の励ましの言葉に、緊張よりも期待が大きくなりました』

落ち着いた印象を与えるアルトの声が、ひとつひとつカッターできれいに切り抜いたような鮮明な言葉を紡《つむ》ぐ。伊澄は、つい耳を澄ましました。

六花は手もとの原稿を見ないまま、やわらかな表情で続ける。

『不慣れな電車通学や、初めて出会う同級生。中学とはまったく内容の違う、より難しくなっていくであろう勉強。これから始まる新しい生活には、期待とともに不安もあります。とくに、私は、車いすユーザーです』

彼女がその言葉を口にした時、体育館の空気が小さくゆれた気がした。

『ほかの生徒のみなさんと同じことができず、迷惑をかけてしまう場面があるかもしれません。それを思えば不安がまったくないとは言えません。そして、みなさんもまた、私に対して不安やとまどいを感じるかもしれません。しかし時間をかけ、努力を重ねれば、乗り越えられることは決して少なくないと、私は信じています』

信じている、と彼女が言い切った時、胸の奥に感じたかすかな熱に伊澄はとまどった。そういうむず痒《がゆ》い言葉は苦手な性格なのだ。それに中三の夏に走ることをやめてからは、心が石のように硬くなり、こんなふうに動くことはなくなっていたのに。

『これからの三年間、越えなければならないハードルも多いでしょう。けれど、ここにいる仲間たちと助け合い、ともに乗り越えていきたいと思います。これから数多くの場面でお世話になる先輩方、人生の先達として多くの教えをいただく先生方、そして温かく見守ってくださる保護者のみなさま。私たちは多くの方々に支えられて、高校生活を過ごすことができます。深く感謝申し上げます。八十年の歴史を持つ綾峰高等学校の生徒としての誇りを持ち、「質実剛健」「至誠通天《しせいつうてん》」の校風を受け継ぐべく、精いっぱい努力することをここに誓います』

新入生代表、渡辺六花。

自分の名前で締めくくり、マイクのスイッチを切った六花が礼をすると、二秒間の完全な静寂が降りた。雨の降り始めみたいにパラ、パラ、と拍手が起こり、すぐにそれは大きな音のかたまりになって体育館に響いた。

夕立ちみたいな拍手を聞きながら、伊澄は生徒の列に戻っていく車いすユーザーの少女を目で追った。駅で聞いた彼女の言葉を思い出した。

『私、どうしても今日の式には出なくちゃいけないんです』

やるな、と呟《つぶや》いた。

＊

本気にならない。それが高校に入学するにあたって決めた三年間の目標だ。

これから始まる高校生活は、たとえるならクーリングダウンのジョグみたいなものだ。徹底的に走りこんだあと、じょじょに心拍数を下げ、走る筋肉に集中していた血液をほかの筋肉や臓器に移動させるための、気ままに適当に流す時間。誰とも競わないし、何も目指さないし、本気になる必要もない。

入学式から土日をはさんだ月曜日の朝、七時半に綾峰駅のホームに降り立った伊澄は、駅員の長谷川さんに手伝われながら同じ電車から降りてくる渡辺六花に気づいた。これは、どうするべきなんだろう。彼女とは別に友人でもないので、声をかける必要はないと思う。しかし、このまま階段に向かっていけば六花と長谷川さんのそばを通ることになるわけで、黙って素通りするのもどうなのかという気がする。迷っている間に、

「おーっ、俊足少年！　じゃなくて、荒谷くんだったね、おはよう！」

長谷川さんに気づかれてしまい、笑顔で手を振られた。通り過ぎていく乗客たちが、ちらり

とこちらをふり向く。伊澄はため息をつきつつ足を進めた。

「よかったね渡辺さん、学校まで一緒に行くお友達ができて。少年、渡辺さんはね、それはしっかりしたお嬢さんだけど、世の中はいつ何が起きるかわからないからね。電車で財布が盗まれることだってあるし、もしかするともっと大変なことが起きることだってあるかもしれない。だから、何かあった時はよろしく頼むよ！」

「はあ……」

「渡辺さんも、いってらっしゃい！　がんばってね！」

わざわざエレベーターの前まで見送りに来てくれた長谷川さんは、並んで乗り込んだ六花と伊澄に手を振った。六花も屈託のない笑顔で長谷川さんに手を振り返していたが、自動ドアが閉まってエレベーターが上昇を始めると、すっと笑みを消した。トロいやつを見るような横目を向けられた。

「長谷川さんに捕まる前に、さっさと行っちゃえばよかったのに。金曜日のものすごい足の速さはどこ行ったの？」

「うるさいな」

「長谷川さん、私と歳の近い娘さんがいるんだって。それもあってすごく親身になってくれるの。ごめんね、巻きこんじゃって」

最後のひと言に、ガタンとエレベーターが停止する音が重なった。開いた自動ドアの先は、ホームから跨線橋の階段を上りきった場所だ。通常なら線路二本をまたぐ跨線橋を渡り、また階段を下りれば改札に到着するのだが、六花の場合は跨線橋をしばらく移動して左手に曲がった通路にある別のエレベーターに乗り、一階に下りなければならない。六花の隣に並んで移動しながら、めんどいな、と驚いていた。伊澄の場合は階段を上って、少し歩いて、また階段を下りれば終わることが、六花の場合は倍以上の時間と手間がかかる。駅に来るたびに階段を利用できない人のためのエレベーターは目に入っていたはずなのに、それが実際に使うとあまり便利とはいえない仕組みになっていることを、初めて知った。

「さっきの、巻きこんだってやつだけど」

「え?」

下りのエレベーターに乗り込んでから口を開くと、六花は不意をつかれた表情をこちらに向けた。目力が強いせいで凛々《りり》しさとか鋭さが目立ってしまう彼女だが、そういう顔をするとわりとあどけない。

「俺、やりたくないことはやらないし、嫌なことは嫌って言うから。だから巻きこまれたとかじゃないし、そもそも渡辺さんが謝ることでもないと思うよ」

エレベーターが到着し、自動ドアが開いた。伊澄は開扉ボタンを押して、六花を先に下りさせた。改札に向かう途中で、六花が例の何にも動じない女王のような横顔で口を開いた。

「私も別に本気で謝ったわけじゃないから。建前っていうか、様式美っていうか、単なるそういうのだから」

「そっすか」

「というか、もう長谷川さんもいないので先に行っていただいてかまわないですよ？」

どうぞ？　と手で促《うなが》しながら、にこりとされる。彼女の笑顔に込められているこの妙な圧力は何なんだろう。あと、いきなり敬語になるのは何なんだろう。謎の多い女だ。

「学校まで一緒に行っていい？　どういうもんなのか見てみたい」

「……見てみたいって何を？」

「さっきのエレベーター、すごい面倒くさい乗り方しなきゃいけなかったけど、俺そういうの今まで知らなかったから。だから渡辺さんが学校に行くまでにどういうことがあるのか見てみたいんだけど、こういうこと言うのが失礼になるならごめん。嫌だったら嫌って言ってもらっていい」

六花は車いすを停め、こちらを見上げてきた。彼女の虹彩は赤みを含んだ薄茶で、氷をたくさん入れたグラスに注がれた上等な紅茶のような色をしている。

六花はまた車いすをこぎ出し、そのついでにぽいと投げるように言った。

「あなたのことまだよく知らないし、何話せばいいかわからないから、あんまり会話できないと思うよ」

「別に会話はいい。俺も音楽聴いてるし」

「私、人といる時にスマホいじったり、イヤホン突っこんで何か聴く人に殺意を覚えるんだよね。あ、これはひとり言だけど」

「……なんか急に自然の音楽聴きたくなってきた。川のせせらぎとか。イヤホンなしで」

二人で自動改札機が並んだ改札を抜けた。伊澄は一番人が少ない列に並び、モバイル定期券を入れてあるスマホを自動改札機にピッとかざして通過したが、六花は改札の端に一カ所だけある車いすユーザー用の列に移動しなければいけなかった。ただ、その後のことに比べれば、これはそこまで大変ではなかったと思う。不便なのは駅舎の外に出てからだった。伊澄はいつも駅前の片側二車線道路を地下道を使って越えるのだが、地下道にはエレベーターがないため、六花は利用できない。地上の横断歩道を渡って対岸に移動するのだが、片側二車線道路ともなると横断歩道もかなり長くなる。六花がまだ横断歩道を渡り終えないうちに歩行者用の信号が点滅し、赤に変わってしまったので、伊澄はちょっとひやっとした。

駅前通りを抜け、一級河川をまたぐ橋の前で赤信号に引っかかった。今日は入学式の日よりもすっきりとよく晴れて、空はどこまでも青く、綿あめのような雲が浮かんでいる。太陽の光を受けた川面が、キラキラと光ってまぶしい。

「ちょっと訊いていい？」

「何？」

「ひとりで学校に通うのって、大変じゃない？　親に送ってもらうことってできないの？」

六花がちらりと横目を向けてきた。彼女の眉間《みけん》に刻まれた一本線から、自分がきわどいところを踏んだかもしれないと感じた。ただ、地雷とまではいかなかったようで、六花は視線を前に戻しながら答えた。

「頼めば送迎してもらえると思う。実際、父と母には何度もそうしたらどうだって言われたし。でも学校に行くのって毎日で、それが三年間でしょ？　親にそんな負担かけたくないし、私も学校くらいひとりで通いたい。だから送迎は頼めないんじゃなく、頼まないの」

最初に会った日から感じていたが、六花は含みを持たせたり、意味をぼかすような話し方をしない。言葉はどこまでも明晰《めいせき》で、決然としている。人によってはそれを「きつい」と感じることもあるかもしれないが、伊澄にとっては潔《いさぎよ》い話し方は気持ちよかった。

「ひとりで学校に通うのは大変じゃないかっていうのは、大変じゃないようにするために綾峰高校に入ったの」

「……どういうこと？」

「綾峰は、駅から学校までの間に私が通れない坂道や段差がないんだ。受験前に県内の色んな高校に見学に行ってみたけど、私がひとりで通えるのは綾峰だけだった」

高校を選ぶという時、偏差値や通学時間、校風や校則のゆるさ厳しさ、あとは制服のデザインなんかも判断材料にすることはあると思う。でも、坂道や段差の有無なんてものは考えたこともなかった。

歩行者信号が青に変わったので、二人で横断歩道を渡った。伊澄はわりと早歩きなのだが、六花のペースに合わせてやや歩調を落とした。

「ひとりで通ってるっていっても、家から駅までは母に車で送ってもらってるんだけどね。けっこう距離があるし、踏切とか坂道もあるし、顔を合わせるたびに『大変ね、かわいそう、心を強く持ってね』って言ってくる近所のおばさんもいるし」

「そのおばさんが一番厄介《やっかい》だな」

「仕方がないですけどね。なんといっても私、車いすですし」

「まだそれ根に持ってんの？」

「別に根に持っては……っと」

橋を渡り終え、細い道路をはさんでまた新しい歩道に入ろうとしたところで、六花が声を詰まらせた。道路と歩道の間にある三センチくらいの段差に、車いすの前方についている小さなタイヤ――キャスターというらしい――が引っかかったのだ。伊澄が手伝おうと介助用のハンドルがある車いすの後方にまわりかけると、六花が「大丈夫」と言って手のひらを向けてきた。それで下がって見ていると、六花はハンドリムをくっと後ろに引き、車いすの前方を浮き上がらせた。まずは段差の上にキャスターを置くと、あとは勢いつけてハンドリムを回して、後輪のタイヤも段差を乗り越えさせた。

「やるな」

「リハビリ病院にいた頃、毎日毎日こういう練習したの」

「段差がだめって言ってたけど、今のは越えられたよな。だめなやつもあるの？」

「今くらいの段差だったらギリギリ自分で抜けられるけど、五センチくらいになるともうだめかな。でも、そういう限界も人によるよ。車いすバスケとかのパラスポーツ、知ってる？　あいうすごいパラアスリートになると、車いすのまま階段下りたりする人もいるみたい」

「車いすのまま階段……？　何それ、どうやんの」

会話はしないと言ったわりに、気づけばわりと途切れずにしゃべっていて、もう綾峰高校に続く桜並木の道に入っていた。剝《む》き出しの枝が朝陽《あさひ》を浴びて、枝の先で膨らんできたつぼみが赤く光っている。同じ制服を着た生徒がちらほら歩いているが、まだ登校時間のリミットまでかなり余裕があるから人数は少ない。

入学式の日には気づかなかったが、昇降口にも段差があった。まず玄関口に、さっき六花が言った五センチを軽く超える段差。そして校舎内に入ったあとも、土足スペースから室内履きスペースに上がるところにけっこうな段差がある。ただ、どちらの段差もスロープが設置されていた。金曜日にも目に入っていたはずなのに、ちっとも気づかなかった。六花は室内履きスペースに上がる前に、隅《すみ》っこに二つ並べて置かれたローラーに車いすの後輪を乗っけた。そうするとタイヤは宙に浮いた状態になり、手でくるくると回すことができるようになる。

「メンテナンスローラー？」

「知ってるの？　高校生でめずらしいね」

「うちの母親、バイク乗りだから。タイヤ洗う時、これにバイクのせてる」

「そうなんだ。家だと室内用車いすと外出用車いすを分けてるんだけど、学校にもう一台マイ車いすを置けるほどうちは裕福じゃないので、外から来たらこうやってタイヤをきれいにしてから校舎に入ります。綾峰に合格してから校長先生と面談した時、必要なものはありますかって訊かれて、お願いしたら置いてもらえたんだ」

こう話す間にも、六花はメンテナンスローラーのわきに置かれていた小さなかごからスプレー容器入りの洗剤と雑巾《ぞうきん》をとり出し、タイヤを回しながら洗剤を吹きつけた雑巾で拭いていく。手慣れていて素早い。だが、しかし、どう考えても、これはめちゃくちゃ面倒くさくないか。

毎朝学校に来るたびにこれをやるのか。三年間も。

「時給欲しいな。最低でも九百円くらい」

思わず本音をこぼすと、雑巾を持ったまま六花は目をまるくし、ふき出した。初めて彼女が見せた、屈託のない笑顔だった。

「わりと最初から思ってたけど、変なやつだね、あなた」


三階の教室に行くと、登校してきている生徒はまだ数人だった。一年生は一クラス三十五人で計六クラス、学年全体で二百十人。八時過ぎには学校中がにぎやかになるだろうが、今はまだ静かだ。騒がしいのがあまり好きではない伊澄にはこれくらいが心地いい。毎朝早めの電車で来るのも、ぎゅうぎゅう詰めの車両に乗りたくないからだ。

無言で自分の席に向かう伊澄とは対照的に、六花は「おはよう」とクラスメイトに声をかけながら自分の席に向かう。ちなみに出席番号三十五番の六花の席は廊下側の一番後ろ、出席番号一番の伊澄は窓際最前列だ。

教科書と筆記用具を机に入れてから、イヤホンで音楽を聴きつつ、すぐそばの窓をながめた。春の黄砂のせいで少し汚れた窓ガラスの向こうには、野球場を兼ねた第一グラウンドが見える。野球場はコーヒー牛乳色の土に白線でいちょう切りのニンジンと同じ形が描かれているだけだが、ナイター照明も設置されているし、なんといっても広い。綾峰高校は偏差値も知名度もほどほどだが、所有する敷地の広さだけは県内トップクラスだ。

第一グラウンドの向こうには、第二グラウンドがある。こちらはサッカー場を楕円《だえん》形の陸上競技用トラックがぐるりと囲む形で作られている。サッカーフィールドは立派な人工芝だし、陸上用トラックは煉瓦《れんが》色のサーフェイスに白線が映える美しいタータントラックだ。

綾峰高校を受験したのは、家から近い公立校だからだった。校風とか校則とか進学率とか、何ひとつ調べないまま、もし落ちたって別にいいという気分で受験した。だから誤算だった。県大会レベルでさえ名前を聞いたためしがない、のどかな自然の中に建つこんな田舎の進学校に、あんな競技場ばりのトラックがあるなんて。

煉瓦色のトラックを見ていると胸がざわついて、伊澄は目を背けた。スマホをとり出して音量を上げ、ついでに景気のいいロックでも聴こうと液晶画面に指をすべらせた時、机の前に誰かが立った。

「おはよう！」

とびきりの笑顔で手を挙げたそいつは、ハムスターとかうさぎとか、とにかくそういう種や野菜しか食べない類《たぐい》の小動物を連想させた。つぶらな瞳の、背はやや低い、男子生徒だ。

「おはよう、荒谷くん！」

どう反応したらいいのかわからず黙っていると、ハムスターみたいな男子はもう一度笑顔で挨拶してきた。こっちが応えない限りこいつはずっと人の席の前で挨拶を続けるんじゃないかという嫌な予感がしたので、伊澄はイヤホンを両耳から抜いた。

「おはよ。えっと――」

「おれ、那須清彦《なすきよひこ》。西扇《にしおうぎ》中学出身。よろしく」

笑顔で手をさし出され、あまり人と接触したくないたちなので迷ったが、手を握り返した。

那須清彦はさらに強く手を握り返してきて、まぶしい笑顔で言った。

「北星《ほくせい》中学の荒谷伊澄くんだよね？　百メートルで県記録更新した」

すっと体温が下がった気がした。

「おれも中学で陸上やってて、あ、ほんと全然速くないんだけど、中三の県大会で荒谷くんが走るところ見て、感動したんだ。風みたいだって。けがで全国大会は棄権したって聞いたけど、陸上、高校でもやるよね？　おれも今日陸上部の見学に行こうと思ってるんだけど、よかったら一緒に」

「悪いけど」

もともと愛想のない声が、輪をかけて非友好的な雰囲気を醸《かも》し出しているのが自分でもわかった。でも仕方ない。実際イラついていたのだ、かなり。

「故障してから、陸上はやめたから」

「え……去年のけが、まだ治ってないってこと？　だ、大丈夫？」

大丈夫？　と問われた瞬間、唇の端が上にひん曲がった。誰もがよく口にする言葉が、時と場合によってはここまで無神経なものになることを那須清彦が教えてくれた。

「大丈夫、ありがとう。けど、だから陸上部には入らない。あと頼みたいんだけど」

「あ、何？」

「もう話しかけないで」

ただでさえ大きな目をさらに開いた那須清彦が、突き飛ばされたような表情を浮かべるのを見てから、伊澄はイヤホンを耳に戻した。那須清彦はそれからもしばらく机の前に突っ立っていたが、そのうちとぼとぼと真ん中の列の席に戻っていった。これでもう近づいてこないだろう。拒絶の意志は、今後のためにもはっきりと示すべきだ。

『おまえのそういうところがずっと嫌だったんだよ』

我慢して、耐えて、溜めこんだそれが毒に変わって爆発する前に。

八時半になると同時に担任の矢地めぐみが教室に現れ、出席簿とプリントの束を教卓に置いた。あちこちに立ち歩いて好きにしゃべっていた生徒たちが自分の席に戻り、ガタガタと椅子を動かす音がやみ、ざわめきもおさまったところで、満を持してという感じに矢地はにっこりとした。

「おはようございます！　今日から本格的に高校生活が始まりますね。私も実はクラスを受け持つのは初めてなの、だからみんなと同じ新鮮な気持ちでこれからの一年を過ごしていきたいと思います。この一年C組をみんなと私の力で、明るく、楽しく、思いやりのあるクラスにしていきましょう」

　こういう熱意にあふれたオーラを向けられるとちょっと居心地悪くなってしまう伊澄だが、情熱があるのはすばらしいことだし、彼女はきっといい先生なのだろう。伊澄もほかの生徒と一緒に拍手を送った。くすぐったそうな笑顔でおじぎした矢地は、始めますの合図のようにパンと両手を打ち鳴らし、分厚いプリントの束をとり上げた。

「今日はホームルームと一時間目を使って、自己紹介と委員会決めをしたいと思います。これは入学式の日に書いてもらったプロフィールカード、あとで見てね。みんなすごく素敵で面白いから」

　このプロフィールカードは、入学式が終わったあとのホームルームで記入させられたのだ。出身校、得意な教科、苦手な教科、好きな食べ物、趣味、特技、それから「自分を自由に表現しましょう」という謎のスペースまであった。伊澄は苦手な教科までを記入して、好きな食べ物は明太子《めんたいこ》とみかんで迷った末に両方書き、趣味、特技、「自分を自由に（以下略）」のところは「特になし」で済ませたので、少なくとも自分のプロフィールはすごく素敵でも面白くもなかったと思う。

矢地が全員分のプロフィールカードを綴じたものを各列に配っていく。ずっしりと重いプリントの束を渡された伊澄は、自分用の一部を取り、残りを後ろの席の男子生徒にまわした。全員にプロフィールカードが行きわたったタイミングで、また矢地がパンと手を叩いた。

「それでは、自己紹介を始めたいと思います。出席番号順にいきたいと思うんだけど、荒谷くん、いいかな？」

にっこりと笑いかけられ、ここで嫌だと言ったらどうなるんだろう、と思う。好きで出席番号一番になったわけではないし、トップバッターでやりたいかと問われたら答えはノーだ。でも矢地の笑顔は有無を言わせない感じがあり、伊澄はひそかに息を吐きながら立ち上がった。すかさず矢地が笑顔で付け加えた。

「名前と出身校と、あとは自由に好きなことを話して。あ、みんなからよく見えるようにここに出てきてください」

矢地が指したのは、中学校にはなかった古い教壇だ。確かにここに立てば教室中から姿がよく見えると思う。ただし、十五センチはある教壇に自分の足で上ることのできる人間限定で。

「渡辺さんは、どうするんですか？」

疑問に思ったまま口にした。ついさっき、駅から学校に到着するまでの彼女の重労働を見たばかりだったから余計に意識に残っていたのかもしれない。

え、と矢地は声をこぼして目をみはった。

「あ、うん、渡辺さんはちょっと難しいから、自分の席で……あ、やっぱり、荒谷くんもその場でいいです。みんなに顔がよく見えるように、あっちを向いて話して」

あっち、と指された教室の中央のほうを向き、息を吸った。嫌なことはさっさと終わらせてしまうに限る。

「荒谷伊澄、北星中学出身です。よろしくお願いします」

「それだけ？　荒谷くん、もっと自分をアピールしてみて。趣味とか何でもいいから」

「趣味も特技も今のところありません。これから見つけていきたいと思います」

自己紹介では、こういうサービス精神のない人間なのだということこそを知ってほしかったので、さっさと椅子に腰を下ろした。矢地は鼻白んだ表情を、すぐに笑顔に切り替えた。

「じゃあ次、上杉《うえすぎ》くんお願いします」

「はい。上杉謙信《けんしん》です、戦国武将のあの人と漢字までそっくり同じです。歴史オタクのじいちゃんにつけられた名前です。出身は南川《みなみかわ》中学で、ずっとバスケやってました。球技大会は絶対優勝してみせるんで、まかせてください」

上杉謙信はこじゃれた前髪と愛嬌《あいきょう》のある笑顔の持ち主だ。話し方もさわやかで、やっと理想の自己紹介が聞けたという様子で矢地も頷いている。ありがとう、上杉謙信。俺が白けさせた空気を明るくしてくれるおまえが出席番号二番でよかった。

その後はとくに問題もなく自己紹介が進んだ。伊澄は立ち上がって自己紹介する生徒の顔と、プロフィールカードを見比べながら聞いていた。ただ、ハムスター似のつぶらな瞳の男子生徒が立ち上がった時は、プロフィールカードに目を落としたまま顔を上げなかった。

「那須清彦です、西扇中学出身です。えっと、あんまり速くないですが、陸上が好きで、高校でも続けようと思ってます。三千メートルです」

三千メートル。長距離か。それならこいつは、忍耐強く、粘り強く、苦しいことも最後までやり遂げる強い意思の持ち主なんだろう。俺とは正反対の。

「じゃあ最後、渡辺さん。お願いします」

矢地が明るい声で呼びかけた時、伊澄は身体の向きを変えて、自分の席からちょうど対角線を引っ張った位置にある席を見た。

「渡辺六花です。西扇中学校を卒業しました」

言葉が驚くほどはっきりと耳に届く、訓練された役者のような声で六花は話し始めた。ゆっくりと教室全体に視線を移動させながら、やわらかい微笑を口もとに浮かべる。

「車いすユーザーになったのは、中学二年生の時です。脊髄《せきずい》……背骨のなかの神経に腫瘍《しゅよう》ができてしまって、抗がん剤治療や放射線治療を受けました。先生たちのおかげで命は助かりましたが、歩くことができなくなりました。でも、おへそから上は問題なく動くし、自分の身の回りのことは自分でできるようにするための自立訓練を受けたので、体育は難しいけど、そのほかのことはだいたい自分でできます。でも、もし自分だけでは対応できないことが起きた時は、手を貸してください。よろしくお願いします」

六花が頭を下げると、すかさず拍手が響いた。すばらしい笑顔の矢地だ。

「はい、渡辺さんありがとう！　みんなも今聞いたように、あまり構えないで仲良くしてくださいね。渡辺さんは障がいを持っていますが、それは個性であって、車いすだって何も特別じゃない。みんなと同じ高校生です。三十五人みんなで、明るく、楽しく、思いやりのあふれたクラスにしていきましょう」

まるで六花に「大切なことを考える機会をくれてありがとう」とお礼でも言うような笑顔で矢地はまた拍手をする。それにつられてぱらぱらとほかの生徒も手を叩き始めた。伊澄も両手を近づけはしたものの、今まで誰が自己紹介をしても拍手なんてしなかったのに、六花の時だけするのは何かおかしくないか。そう思えて、結局何もしないまま手を下ろした。

「今度は学級委員を決めたいと思います。男子から一人、女子から一人、それから書記が一人。誰か、やってもいいっていう人はいる？」

矢地が手を挙げる仕草をしたが、反応を示す生徒はおらず、それどころか教室は呼吸もはばかられるほど静まり返った。伊澄も、自分の前にこの机を使っていた誰かが残したらしい『最近購買のおばちゃんを見てると、なんかしあわせでフワフワしてそれなのに少し苦しくなる。この気持ちは何だろう』という落書きをながめていた。おまえ、それは、きっと恋だ。

「学級委員といっても、そんなに身構えなくても大丈夫よ。やってもらうのはホームルームの司会とか、集会の時の点呼とか、あとはイベントの時の準備とか、そのくらいかな。こういう時にリーダーシップを執《と》った経験って社会に出た時にも絶対に役に立つし、何より高校生活の素敵な思い出になると思うの。どう？　やってみたいなって思う人、いない？」

矢地がもう一度自分の手を挙げてみせる。それでも教室は静まり返ったままだ。伊澄も机のすみに続く落書きを見つめていた。『俺にとっておばちゃんは運命でも、きっとおばちゃんにとって俺は運命じゃない』。なんか切ない展開になっている。これを書いた誰かはまだこの学校にいるんだろうか。その後どうなったのか気になって仕方ない。

「うーん、残念です。みんなには人が嫌がることでも自分から進んで引き受けられる人になってほしいんだけど……どうしても誰もいないなら、この人なら安心してまかせられるなっていう人を推薦してもらうのでもいいです。どう？」

推薦。ちょっと前まで中学生だったヒヨッコ高校生には、荷が重すぎる高等技術だ。推薦という形で相手の意に染まないことを押しつけたら恨みを買うことになるし、同じ中学の出身でもなければまだお互いのことをほとんど知らない。伊澄に至っては中学時代は三年生の夏まで部活漬けだったから、同じ中学出身者のことすらほとんど知らない状態だ。まとめると、推薦はするのもされるのもかなりしんどい。

「困ったなぁ。これが決まらないと、先に進めないですよ。みんなのクラスのことなんだから、みんなが考えて決めないと」

ため息まじりの矢地の声にかすかな苛立《いらだ》ちが混じり始めている。そこまで言うなら、もういっそ、あみだくじで決めたらどうだろうか。少なくとも沈黙の時間ばかりが過ぎていく事態は解決できるし、くじで決まったら不運な当選者も諦《あきら》めがつくというものだ。「学級委員なんかに立候補したら『何こいつ張り切っちゃってんの？』って思われそう」という心配もしなくていい。考えれば考えるほどあみだくじがいいような気がしてきて、あと一分してもしんとしたままだったら提案してみよう、と伊澄が決めたその時だった。

「はい」

澄んだアルトの声が聞こえると、教室が小さくざわめいた。伊澄も意表を突かれて自分の席から対角線を引っ張った位置にある席を見た。クラス中から注目されても、六花は手を挙げたまま表情を動かさない。

ひどく驚いた様子の矢地は、すぐに晴れやかな笑顔に切り替えた。

「ありがとう、渡辺さん。積極的ですばらしいです。ほかには？　女子でほかに誰か、自分がやりたいという人や、この人にやってほしいという意見はない？」

同性の生徒たちに語りかける矢地はにこやかで、でも少し焦っているのが感じられた。

立候補者が出た時、ほかに誰かやりたいやつはいないかと確認するのは、別におかしなことじゃない。でもほかに手が挙がるわけがないのは、さっきまでの長すぎる沈黙の時間にわかったんじゃないのか。

矢地は、手を挙げたのが六花じゃない女子だったら、同じようにほかに誰かいないかと確認したんだろうか。

「――はい」

手を挙げた時、正気か、という自分の内なる声が聞こえた。クーリングダウンのジョグみたいに、何にも本気にならず、気ままに適当に三年間を流していくんじゃなかったのか。学級委員なんて絶対におまえのキャラじゃないだろ。内なる自分が言うことは最初から最後までもっともで、しかし、もう現実に手は挙げてしまった。挙げた以上はあとに引けない。トラックに立ってスタートを切ったら、あとは何があっても走り抜くしかないのだ。

矢地は目をまるくして伊澄を見つめ、ほっとしたような笑顔になった。

「ありがとう。じゃあ、男子は荒谷くんにお願いしようかな。男子のみなさん、いい？」

「いいでーす」

軽いノリで返事したのは、後ろの席の上杉謙信だった。本当はおまえみたいなやつがなるのがいいのに、とイラッとした。

「それじゃ、女子でほかにやりたい人は――」

「渡辺さんじゃ、だめなんですか」

元から愛想のない声が、ますます無愛想になっている気がしたが、そのまま続けた。

「やるって言ってるし、ほかの人っていっても誰もいないと思います」

「うん、そうね……でも、学級委員は雑用をしてもらったり、居残りしてもらうこともあるから、負担になるかもしれないし」

「負担になる時は俺が代わりますけど」

「えっ……と、そうね……」

矢地が歯切れ悪く口ごもってから一秒後、

「はい」

やわらかいソプラノが聞こえた。中央の列の真ん中あたりに座った髪の長い女子が手を挙げている。矢地の顔が、ぱっと明るくなった。

「武井《たけい》さん、立候補？」

「はい。こういう経験ないので、ちゃんとできるかわからないけど」

「大丈夫、大丈夫。何事も経験よ」

どうして二人して、もう決定したみたいに話してるんだ。

「じゃあ渡辺さん、立候補が複数出たので、投票で決めていい？　それかジャンケンを」

「いいえ。もし武井さんがよければ、武井さんが委員になってください」

今度はふり返らなかったから、伊澄には彼女の表情はわからない。でも、あいかわらずアルトの声は言葉の輪郭《りんかく》がくっきりとしていて潔かった。

「そう、武井さんにお願いしていい？」

「はい」

「では、女子の委員は武井彩香《あやか》さん、男子は荒谷伊澄くん、お願いします。それじゃ荒谷くんと武井さん、前に出てきて。次に書記を、そのあとは各委員を決めましょう」

歯切れのいい話し方に戻った矢地に促され、伊澄は席を立った。やっぱりやめます、という言葉が喉《のど》まで出かけていたが、やっぱり、自分で言い出したことなのだからそれはだめだ。

「よろしく」

「うん、よろしくね」

彩香の笑顔は明るく、人の警戒心をほどくようなやわらかさがある。なんとなく、男子とも女子とも、どんな派閥《はばつ》のグループともうまくやっていけそうな器用さを感じた。

どっちが司会をやるか相談すると、彩香は「荒谷くんお願い」と笑顔のまま言った。六花だったら訊くまでもなく自分で仕切りそうだなと思いながら、伊澄は書記をやりたいやつはいるかと声を張って訊いた。ただこれは一応のパフォーマンスで、どうせ手なんて挙がらないだろうから今度こそあみだくじで決めてやろうと思っていると、

「はい！」

予想を裏切って、高々と手を挙げたやつが一名いた。伊澄は思わず顔をしかめた。

「書記やりたいです。あんまり字きれいじゃないんですけど、丁寧に書きます」

「うん、大丈夫よ、那須くん。丁寧に書いてくれれば」

ほほえましいという笑顔で矢地が頷く。だが勝手に決めてもらっては困る。

「ほかに、やりたい人」

「荒谷くん、たぶんほかにはいないと思うし、時間も押してるから委員会を決めましょう。那須くん、委員会名を書いてもらえる？」

那須清彦は小走りに黒板前に出てくると、チョークを握りながら伊澄に小動物めいた笑顔を向けてきた。それをガン無視してまた声を張った。

「いちいち手を挙げてもらってると時間がかかるんで、廊下側の人から前に来て、やりたい委員会のところに名前を書いてください。全員終わった時点で人数がそろってたら、その委員会は決定。人数が多かったらジャンケンで決めて、負けた人はまだ残ってる委員会のところに名前を書く。そこでも揉めたらまたジャンケン。このやり方で嫌だったら今のうちに言ってください」

あとで揉めないように確認したが、異論は出なかった。そのうちに清彦が委員会名を黒板に書き終えた。確かにお世辞にも達筆とはいえないが、生まじめな性格がうかがえるバランスのとれた字だった。伊澄が廊下側の列に合図をすると、生徒たちが次々に椅子を鳴らして立ち上がり、黒板前に出てきた。

廊下側の列には六花もいるが、彼女は教壇に上がって自分の名前を書くのが難しいだろう。何の委員会に所属したいのか訊きに行こうとすると、

「あの、渡辺さん。よかったら名前、書いてくるよ。入りたい委員会、決まってる？」

六花の前の席の生徒、見るからに大人しそうな眼鏡でおかっぱの女子が、細い声で話しかけるのが聞こえた。六花は目をまるくしてから、うれしそうに笑う。

「ありがとう、力石《りきいし》さん。お願いしてもいい？　図書委員がいいの」

「あ、わたしも。一緒になれるといいね」

笑い合う女子二人の間に、ふんわりしたものが漂う。どうやら出番はなさそうだ。黒板前にやってきた眼鏡のおかっぱ女子は、六花と自分の名前を図書委員会のところに書き込んだ。彼女は「力石さくら」というらしかった。

「力石さん、ありがとう。あの人の分」

ぎくっと固まった力石さくらは、穴が開くほど伊澄を凝視した。

「いえ、そんな、お礼を言っていただくようなことは、な、何も」

「その面白い話し方、地なの？」

「おもっ⁉　いえ、わたしなんて、本当にどこにも一切の面白みがない地味女子の中の地味女子なので、失礼します……！」

めちゃくちゃ面白いな、力石さくら。

とくに問題が起こることもなく記名は順調に進み、最後の窓際の列に順番がまわってきた。

「どうしよっかなー」

チョークを握りながら大きなひとり言を言うのは、ちょっとチャラい現代の上杉謙信だ。

「うーん……このへん楽かなぁ」と言いながら図書委員会のところに名前を書きこもうとした

ヤツの手首を、伊澄は横からつかんだ。

「体育祭実行委員会とかにしとけよ。まだ誰も立候補してないし」

「それ体育祭の準備するとこっしょ？　絶対面倒くさ……ちょっと、なんで勝手に名前書いてんの⁉」

「そのキャラで図書委員とか片腹痛いんだよ。体育祭の時に先頭に立って思いきり目立てよ」

伊澄は上杉謙信の名前を体育祭実行委員会のところに書きこんでヤツを追い返し、すぐに図書委員会に黄色のチョークで丸印をつけた。

「じゃあ、図書委員、環境委員、放送委員、生徒会誌編集委員は決定で。あとの人たちはジャンケンして決めて。負けた人は残ってる委員会のところに名前書いてください」

「うわ負けた……ねえ委員長、もう一回ジャンケンやり直しとかだめ？」

「それはキリがないから却下。早く残ってるところに名前書いて。早いもん勝ち」

往生際《おうじょうぎわ》の悪い敗者たちをあしらいながら何気なく視線を流すと、六花と目が合った。

小さく肩をゆらした六花は、目を逸らした。きまり悪そうに。

何だその、らしくもない顔は。

「ごめんね、学級委員のこと」

放課後、綾峰駅のホームで偶然会った六花に、開口一番に言われた。

今日は五時間目の授業の途中でにわか雨が降ったから、まだ空気中に微細な水の粒子《りゅうし》が漂っていて、肌にしっとりと冷たい。ホームの屋根の下から見える空は、晴れて青く光る部分と、低く漂う黒い雨雲の名残が混在していた。

「ごめんって何が？」

「荒谷くんが、私が学級委員になっても大丈夫なように色々言ってくれたのに、結局自分から降りたから」

伊澄は自分のみぞおちくらいの高さにある、小さく白い顔を見つめた。——本当に謎だ。逃亡する泥棒を目撃すれば行く手にとび出し、初対面の男子が失言すれば「私は車いすじゃなくて人間です」ときっぱり叱りつけるのに、そんな小さいことを気にするのか。

「別に謝られることじゃないし、あれは俺が勝手にやっただけだから」

矢地が六花よりも彩香に学級委員をやらせたがっているのは、見ていればわかった。その理由がおそらく、六花が車いすユーザーだからだということも。それはたぶんクラス中の生徒がわかっていたし、六花本人もわかっていた。あの時、クラスの全員が六花よりも彩香を選んでいたとは言わない。どうでもいいと思っている人間のほうが多かっただろうし、中には六花を応援しているやつもいたかもしれない。ただ、いたかもしれない彼らは誰も声をあげなかったから、最終的にはいないのと同じだった。

そんな状況で「いえ、私がやります」と主張することがしんどいことくらい、あまり人の心の機微に敏《さと》くない自分にもわかる。

「はしごを外すっていうんだっけ？　誰か立候補しないかって散々言っといて、それで立候補したら微妙な態度とるの見て、なんだって思っただけだから」

「はしごを外されるって受け身で使うほうが多いけどね。でも、しょうがないよ。先生が私で大丈夫なのかって心配になるのもわかる。私は、こうだから」

六花は車いすのフットレストに並んだ自分の足に視線を向ける。履いている黒のローファーがぴかぴかで、ピアノを連想した。

「私に何ができて、何ができないのか、まだよくわからないだろうから心配になるのも無理ないし、それよりはほかの人にやってもらったほうが安心だって思う気持ちもわかる。もし私が先生の立場だったら、やっぱりそう思うだろうし」

「そうか？」

「そうだよ。歩けなくなる前の私、かなり実力主義だったし、だからできない人に冷たくしたこともあったし、障がい者が同じクラスにいたことはなかったけど、もしそういうことがあったら、全部こっちでやってあげるから大人しくして邪魔しないでほしいって思ったかもしれない。そういうところあったんだ、私」

　だから、その他の健常者だったらされなかったであろう扱いを受けたのに、彼女は腹を立てないのだろうか。まだしてもいない違反の罰を受けるように神妙な横顔をされると、なんだか居心地が悪かった。

「渡辺さん、おかえり。おっ、俊足少年も一緒じゃないの。仲良しになったんだね、よかったよかった」

　ホームの向こうから手を振りながらやって来るのは、ふくよかな丸顔の長谷川さんだ。右手に提《さ》げた、キーボードを入れた楽器ケースのようなものは、車両とホームの段差をケアするスロープだろう。六花が長谷川さんに手を振り返して「じゃあ」と車いすをこぎ出した時、

「あのさ」

　とっさに呼び止めていた。キュッと車いすを停止させた六花がふり向く。

「今は先生も、渡辺さんに何ができるかってことをかなり少なく見積もってるかもしれない。全部こっちでやってあげるから大人しくして邪魔しないでほしいとか、もしかしたら思ってる人もいるかもしれない。だけどそういうの、これから変わると思うよ。私は車いすじゃなくて人間だって俺に言ったみたいに、渡辺さんが渡辺さんのまま過ごしてたら、だんだんみんな渡辺さんがどういう人間なのかってことがわかって、変わってくと思う、色んなことが」

思っていることを言語化するのが苦手なので、うまく言えた気はしなかった。実際、六花はしばらく無言だった。外したか。ダメ出しを覚悟していると、六花がやわらかい息をこぼした。

「ごめんね」

「……は？」

「最初に会った時、バイクみたいに走るの速いし、目つきも鋭いし、いきなり車いすを引っ張られたりもしたから、荒谷くんのこと、もっと血も涙もない人だと思ってた」

「血も涙もって」

「でも、そうじゃなかったみたい。私も自分のことみんなに知ってもらえるように、これから色々やってみるよ。ありがとう」

ほほえんだ彼女の顔が今まで見た中で一番やわらかくほどけていたから、何秒か見入った。見入ってしまったことに自分でもまごついて、余計なことを言った。

「渡辺さんが毒舌じゃないと調子くるうんですけど」

「毒舌？　私が、いつ、あなたに毒舌を吐いたというんですか？」

片眉をひそめた女優のような表情と迫力の台詞まわしでズバズバと攻められて、よくわからないが、ほっとした。

「だから、私は車いすじゃなくて人間です、とか、人といるのにスマホいじったりイヤホン突っこむやつは殺したい、とか」

「殺したいだなんて物騒なこと言ってませんよね、私？　殺意を覚えるって言っただけで。あとこれも毒舌なんて誤解はしないでほしいけど、私の自己紹介のあとで矢地先生が『障がいは個性』って言ったでしょ」

「うん」

「私をポジティブに受け止めて使ってくれた言葉なのはわかってるの。その気持ちはすごくうれしい。けど、それでも、私はこれを個性とは言わないでほしい」

　彼女はまっすぐな目をして、静かに言う。

「私はやっぱり、自分の足で歩けるようになれるなら今すぐそうなりたい。でもそれは難しくて、なんとか折り合いをつけて生きていかなくちゃいけないって思ってる。毎日、毎日、何回も、歩けたらいいのにっていう気持ちと、でも何とかやっていこうっていう気持ちを行ったり来たりする。だから私はこれを、個性なんていいものには思えないの。昔に比べたら今はずっとハンデを持つ人も自由に動ける仕組みができてるし、長谷川さんみたいに親身になってくれる人にもたくさん会ったよ。でもやっぱりまだ、爪《つま》はじきにされてる気持ちになることがある。私には入ることもできない場所が世の中にはたくさんあるし、誰かに助けてもらわなきゃ身動きがとれなくて、ああまた迷惑をかけてるなって消えたくなる時もたくさんある。私以外にも、そういう気持ちを持ちながら生きてる人たちがいる。それを、個性っていう言葉で見えにくくしないでほしい。もちろん、これは自分の個性だって思ってる人もいると思う。だから個性って言葉がだめだって言ってるんじゃなくて、なんていうか……」

「わかった。個性って使う時は、よく考える。障がいとかでかいジャンルでくくるんじゃなく、俺の前にいる人がどう思ってるか、聞いて、話して、よく考える」

たぶんそういうことが言いたいんだろうと感じたので、そう答えた。六花は目をまるくしたあと、ふわっと笑った。

百点のテストに花丸をつけるみたいに。

綾峰駅から北西に二駅の距離にある住宅地、もはや綾峰市街に行くよりは仙台市郊外のほうが近いので、住所を訊かれると「仙台なの」と罪のない嘘《うそ》をつく住民もわりといる地区に、伊澄の自宅マンションは建っている。

オートロックのエントランスを抜けて、階段を使って四階まで上る。エレベーターもあるが、たった四階までのことだし、去年からリハビリを兼ねて階段を使っていたらそれが習慣になった。階段から内廊下に出た伊澄は、奥から二番目の部屋の紺色のドアを開けた。

「伊澄くん、おかえり」

リビングに続くドアから顔をのぞかせた、エプロン姿のギャルっぽい女性は、町子《まちこ》さんという。二年前から一日おきに家事代行のアルバイトをしており、二十代後半くらいの年齢に見えるが、実際は今年で三十五歳、中学二年の娘がいる。

町子さんとは仕事で知り合ったと、母からは聞いている。シングルマザー同士分かち合える悩みが多いようで、二人はずいぶん仲がいい。伊澄としても、町子さんがいなければ多忙な母に代わって自分が家事を担《にな》うことになるので彼女の存在には大変感謝している。しているのだが、「どう？　恋に落ちそうな子はいた？」とか「高校の先生たちのスキャンダルはないの？」とかいう話題を根掘り葉掘り聞いてくる野次馬っぽいところは若干《じゃっかん》うっとうしい。

「今日は揚げナス入りのカレーだよ。これから始まる伊澄くんの高校生活が刺激的なものになるようにという願いを込めて、思いきりスパイシーにしてみました！」

「……ああ、はい、ありがとうございます」

「え、うそ、何その塩対応。もしかして今日はカレーの気分じゃなかった？　でも駅ビルのインドカレー店のシェフ秘伝のレシピなのよ。秘伝っていっても市販のルーをブレンドしてウスターソースを入れるだけだけど味はピカ一なのよ。ごはんはターメリックを買うのがもったいないからカレー粉ライスよ」

「いや、ナスって聞いてちょっと嫌な気分になっただけです、カレーうれしいです」

書記に就任した那須清彦は、まるでそれで「もう話しかけるな」と言ったことが帳消しになったかのように「荒谷くん、また明日！」「おれ陸上部の見学に行くけど、荒谷くんも気が向いたらのぞきに来てね！」と小動物みたいにまとわりついてきて言ったのだ。のぞきになんて絶対に行かないし、これからも話しかけられたら無視してやるのだが。

自分の部屋で部屋着に着がえていると、玄関のドアが開く音が聞こえた。町子さんとにぎやかにしゃべる声がここまで届いてくる。机に置いたデジタル時計を見ると、五時半になるところだった。今日はめずらしく帰りが早い。

「おー、息子よ。どうだったね、記念すべき高校生活の初日は」

ダイニングに行くと、テーブルに着いた母がすでに揚げナス入りカレーを肴《さかな》にビールを飲んでいた。五百ミリリットルのロング缶を掲げる顔は上機嫌で、今日は仕事がうまくいったんだなと思う。母はメンタルが安定している人ではあるのだが、四半期に一度くらい手負いの獣《けもの》のようになることがあるので、毎回仕事帰りの表情を確認するくせがついている。

「町子ちゃん、おいしい！　このピリッとスパイシーなルー、とろっとろの揚げナス、そこにカレー粉ライスが加わることによって完成する鉄壁の美味。さすがチャンネル登録者数一万人超えの凄腕節約料理人！」

「でしょでしょ？　よかった、伊澄くんにすごい塩対応されたから心折れるかと思った。真澄《ますみ》さんは何作っても喜んでくれるから好き」

女二人がワイワイやっている間に、伊澄は炊飯器《すいはん》から黄色いご飯を盛り、コンロに置かれた鍋からカレーをおたまですくってたっぷりかけた。さっきまでそうでもなかったのに、カレーの匂いをかいだ途端にものすごく腹が減ってくるのが不思議だ。冷蔵庫から出した冷たい牛乳をグラスに注ぎ、母の向かいの椅子に腰を下ろした。

「さっきはすいませんでした。いつもありがとうございます、いただきます」

「わかってくれたらいいのよ、伊澄くん。お味はどう?」

「おいしいです」

「うふ、やっぱり? 冷凍のミックスベジタブルを買ってあるから、それとカレー粉ライスの残りとカレーを炒めたら、簡単にカレーチャーハンになるからね。お弁当に使ってね」

毎朝母と自分の弁当を作るのは伊澄の担当なのだが、町子さんがいつも翌日まで残る分量で夕飯を作り、アレンジの仕方も教えてくれるので、ちょっとした調理をすればあとは詰めるだけで済んでいる。日ごろの感謝を込めて「ありがとうございます」と改めて深々と頭を下げると、三十五歳のギャルは「じゃ失礼しまーす」と笑顔で手を振って帰っていった。

荒谷家では食事中にテレビを観る習慣がないので、にぎやかな町子さんがいなくなると家の中がしんとする。けれど今日は、静けさを感じる前に母が口を開いた。

「それで、どんな感じよ？　高校生活は」

さっき同じ質問をされた時はさりげなく流したが、二度問いを重ねられると無視もできない。

伊澄は角のとろけたジャガイモをスプーンで割りながら答えた。

「どうって、別に。普通」

「その答え方、面接でされたら私は採用を見送るね。コミュニケーションを取ろうっていう意思が見えないもん」

「別に雇ってもらいたくねえし」

母は仙台に小さなオフィスを借りて、貸しスペースのマッチングサイトを運営している。つまりスペースを貸したい人が登録し、借りたい人がそれを借りる、そのやり取りが簡単にできるサービスを母が提供している、ということらしい。正直そんなのが儲《もう》かるのかといまだに話を聞くたびに思うのだが、こうして母の稼ぎでそんなに不自由のない生活ができ、高校にも行かせてもらっているので、感謝はしている。

「楽しいの？　楽しくないの？　みんなとうまくやれそうなの？　それともすでに協調性ゼロなのが露見してハブられてたりする？」

「うるっさいな……ハブられてないし、うまくやらなくていいし、楽しいとかそういうの求めてねぇから。三年間、平和にやれたらいいんだよ」

もともと県内の陸上強豪校のスポーツ推薦を辞退したあとは全部どうでもよくなって、高校にも行く気がなかった。しかし母に、中卒の就職がいかに困難か、生涯賃金がどれほど違うかなどのデータをパワーポイントにまとめてプレゼンされ、高校だけは出ておこうと考え直した。それで自分の成績に見合っていて、通学も大変ではなく、学費も安い公立校、という条件から綾峰高校に進んだだけなのだ。期待とか希望なんかがあったわけじゃない。

「はー、つまんない。十五のガキが平和にやれたらいいとか言っちゃって」

「来月にはもう十六だっつの」

「つまんないよ。覇気《はき》がないよ。せっかくの若さが台無しだよ。情けねぇなあ、おい」

アルコールがまわってきたのか最後のほうはドスがきいていた。町子さんはギャルっぽいが、この母親はヤンキーっぽい。本人は頑《かたく》なに否定しているが、伊澄が幼い頃に病死した父と母が二人で写っている昔の写真を見ると、二人とも明らかに暴走族あがりの風貌《ふうぼう》でバイクにまたがっているので、「ぽい」のではなく本物だったんじゃないかと思っている。

「やっぱり、あれじゃないかね、伊澄くん。君には情熱を注ぐものが必要なんじゃないかね？なんといっても君はスピード狂の両親のもとに生まれた純血種だから」

「スピード狂って認めたな、今。やっぱりあんたら族だったんだな」

「だから君は、走るべきなんじゃないかね、もう一度」

母親が真っ向からそれにふれたのは、たぶん中三で走るのをやめて以来初めてだった。スポーツ推薦を辞退する時でさえ「そうかい」と言っただけで口を出さなかったのに。

「意味ねぇから」

「そうかな」

「もう自己ベストは更新できない。日本新も世界新も出せない。それなら意味ない」

「走ることそのものは喜びにならない？　最前線じゃなくても、楽しむことはできるでしょ」

「楽しむって、プロの役者になれなかった人が市民劇団とかに入って小さい劇場で仲良く公演するみたいに？　プロの画家になれなかった人が美術の教師になるみたいに？」

「そういう人たちを馬鹿《ばか》にできるほどあんたは偉くないと思うけど？」

「馬鹿にはしてない。それでちゃんと喜びになる人なら、そうすればいい。でも俺はそう思えなかったから、もういい。それって文句つけられるようなことか？」

にらみつけた自分の中には、たぶん母だけではなく那須清彦に対する苛立ちもあった。顔がよく似ていると言われる母は、切れ長の目を細めながらため息をついた。

「文句つけてるわけじゃないよ。ただ、せっかく新しい生活が始まったんだから、そんな余生を送ってるご隠居様みたいなこと言ってないで、あんたの心を動かすようなものに会えたらいいなって思うだけ」

心を動かす。

そう言われて、どうして車いすユーザーのクラスメイトの顔が思い浮かんだのか、自分でもわからない。思い浮かべてしまったことにけっこう動揺して、それは顔にも出たようだった。

母が目敏く気づき、缶ビールを置いて身を乗り出してきた。

「え、なに？　何かあったの？」

「……何もねぇよ」

「あんたは将来何になるにしても、マジシャンと詐欺《さぎ》師にだけはなれないな。顔と態度に正直に出すぎ。ねえ何よ、何があったのよ」

面白がって母親はしつこく、本当にしつこく絡んできたが、ここで彼女のことなんて話したら、絶対に変な風に勘繰られるに決まっている。この母親は灰色くらいなら白にも黒にも染め変えるほど強引なのだ。それでも「ねえってばー」「聞かせろよ、このー」といつまでも続く酔っぱらいの絡み攻撃にいい加減うんざりして、比較的差しさわりのなさそうなところだけぼそっと白状した。

「学級委員になったんだよ」

「は？　学級委員？」

目を点にした母親は、笑い崩れた。

「うっそ！　あんたが？　キャラじゃねー！」

「うるせえな」

「え、なんでなの？　クラスにあんたのファンでもいて推薦されたの？」

「……違《ちげ》ぇよ」

「違うの？　まさか、もしかして、立候補なの？」

立候補したことに違いはないからしかめ面で黙り込んでいると、母親は隣室から苦情が来そうなほどテーブルを叩いて大笑いした。完全に酔っぱらいだ。こんな大人にだけはなりたくない。苦々しく思っていると、いきなり笑いやんだ母親が身体を起こし、鼻先に人さし指を突きつけてきた。

「予言しよう。きっと君は、忘れがたい高校生活を送ることになる」

あまりに自信に満ちた笑みに言葉を返せずにいると、母親はまた「つか学級委員かよ！」と同じネタで笑い出した。こんな元ヤンの酔っぱらいの予言なんか、絶対に当たるわけがない。

きっと自分の高校生活は、卒業して一週間もすれば意識にものぼらないような、平和なものになるだろう。

第二章

委員会決めをした日にはまだぎこちなかったクラスは、入学式から一週間が経《た》つ頃には二日目のカレーみたいになじんで、生徒もそれぞれの個性を発揮するようになった。

「伊澄《いずみ》、おはよー。化学の課題やってきた？　俺忘れちゃって、見せてくんない？」

「またかよ。まだ時間あるし、自分でやれよ」

「お願いだから！　俺を助けておけば、いつか全力で恩返しするからいいことあるよ」

毎朝の前髪セットには余念がないくせに課題はわりと忘れる上杉謙信《うえすぎけんしん》に、顔をしかめながらノートを渡すと「あざっす」と人懐っこい笑顔が返ってきた。謙信の武器はこの笑顔だ。こいつはこれからもこの笑顔でうまく人の力を借りながら、いずれ大成するんだろうと思わせるものがある。

伊澄が小学校に入る直前に父親が亡くなり、ひとりで子供を育てる母はいつも仕事で忙しかった。父方、母方、どちらの祖父母も存命ではあるのだが、お中元、お歳暮《せいぼ》、年賀状を交換する程度の付き合いしかない（伊澄が高校に入学する時にはどちらの祖父母もお祝いの金一封を送ってきてくれた）。たぶん、大きな声では言えない過去を持つらしい両親が結婚する際に色々あったんだろう。そんなこんなで伊澄は小さな頃からひとりで過ごすことが多く、大人数よりは少人数でいるほうが落ち着くし、ひとりでいることも苦にならない。だから気の合う誰かと知り合えたら楽しいだろうけど、そうでなくても別にいい、と思っていた。

そこに声をかけてきたのが謙信だ。

「俺たち友達にならない？」

背中をつっつかれて、何だ？　と後ろの席をふり返ったら、いきなりそんなむず痒《がゆ》くなるようなことを言われた。なんで俺とおまえが？　と思ったし、実際それが顔に出たんだろう。おまえの疑問はまったくだ、今からじっくり説明しよう、というように謙信は語り出した。

「昨日、委員会の分担決めたじゃん？　今はまだみんな他の人たちの出方うかがってるところだから、あれはポイント高かったよね。学級委員なんかに立候補すると下手《へた》したら『張り切っちゃってるイタいやつ』みたいになりかねないけど、その点伊澄はクールかつスピーディー、かっこ悪さなくやってのけたから、あれはほんといい仕事だった」

「言ってることよくわかんないけど……俺はおまえみたいなタイプがやったほうがいいと思う。今からでも代わってほしい」

「俺ね、目立ちたくはあるんだけど面倒なことはしたくないわけよ。だから委員長はコンティニュー伊澄で」

「コンティニューの使い方おかしくね？」

「それでさ、伊澄。おまえは昨日の大仕事をうまくやって、今じゃクラス内ランキングの上位にいるわけだ。見た目も塩味硬派って感じでポイント高いしな」

「……ランキング？　何それ？」

「別の言い方するとヒエラルキー？　なんとなーく、ぼんやり、そういう人間の格付けって見えるもんじゃん？」

「いや、見えないけど」

「あー、いい。見えないならいい。たまにいるんだ、そういう希少種も。それでこそおまえ。とにかく大事なのは、俺と友達になろうぜってこと。俺ね、快適に高校生活を送るためにも、ちゃんとしたポジションにいたいわけ。だから友達になろう。俺とおまえが組めば俺はすごく助かるし、おまえにも損はさせない」

　謙信の言い分からは下心を感じる、というか下心しか感じなかったが、それをここまでストレートに伝えられると却《かえ》って清々《すがすが》しいものがあった。面白いやつかも、と思ったのも確かだ。だから手を組むことにした。おまえに損はさせないと言い切った謙信は、確かに高校生活序盤にしてクラスの実力者たちを集め、明るく華やかでパワーを持ったグループを形成した。その会員みたいになった伊澄にも、それなりの恩恵があった。体育の柔軟体操の相手に不自由しないとか、学級委員の仕事で書類を集めなければならない時にメンバーの声かけであっという間に完了するとか、購買のレアな餅《もち》入りあんぱんをグループの共同購入で楽に手に入れることができるとか。

伊澄がそんな風に自分の足場を固めていた間に、六花《りっか》も彼女のやり方でクラスになじんでいたようだ。

六花は普段、ひとつ前の席の力石《りきいし》さくらと一緒にいることが多い。さくらは伊澄が近づくと土佐《とさ》犬と遭遇した子ウサギのように硬直するのだが、六花のそばだとおっとりと安心した笑顔を見せる。六花も六花で、伊澄に対する時よりはだいぶソフトな、妹の面倒を見るやさしい姉のような態度だ。そういう二人を見ていると、伊澄はなんとなく「世界平和」という言葉が浮かぶ。

ただ、六花はさくらとの関係だけに閉じこもることなく、ほかのクラスメイトとも良好な関係を構築していた。昼休みに伊澄が自販機で牛乳を買って戻ってくると、六花の席に数人の女子が集まっていた。席の後ろを通りすぎる時に、女子たちが何をしているのか横目でのぞいたら、六花の机に母親が使っているマニキュアに似た色とりどりの小瓶《こびん》が並べられていた。ほかにも色々な種類（見たことはあるのだが名前がわからない）のメイク道具が六花の手もとにある。六花を囲む女子たちはとても楽しげだった。

「……で、こうやって透明なグロスにアイシャドウをまぜると、簡単に好きな色のカラーリップができる」

「きれい！　いいんだ、こうやって混ぜちゃって」

「チトセちゃんはブルベだからこういうラズベリーっぽい色が似合うと思う。サキちゃんはイエベだから、こういうオレンジが入ったピンク系の色とか。さくらは」

「わっ、わたしなどは、口紅なんてそんな……！」

「力石さん、うける。口紅って」

グロスとリップは何が違うんだろうか。それに、ブルベ？　イエベ？　どうして口紅だとうけるんだ？　女子は謎だらけだ。

「ブルべって何？」

「いきなり何？」

その日の放課後、駅のホームで行き合った六花に疑問をぶつけると、ため息をつきながらも謎を解き明かしてくれた。

「簡単に言うと肌の色の質のこと。ざっくり分けてブルーベース、イエローベースがあるの。

荒谷《あらや》くんはブルベで、私はイエベだね。もっと細かく分類するとブルベ春夏秋冬、イエベ春夏秋冬があって――」

「ブルベ春って、春生まれのブルベの人ってこと？」

「……本気で言ってる顔だね。いいえ、まったく、違います」

無知を逆にいたわられるようにほほえまれてしまい、それ以上女子の謎に深入りすることは断念した。母親にも言われているのだ、「女をすべて理解しようなんて無駄なことよ」と。

「渡辺《わたなべ》さんもしてるの？　化粧とか？」

「うすくね。もう紫外線も強くなってくる季節だし、メイクにはＵＶカット効果もあるから」

「なんか意外。渡辺さんがそういうのに興味あったの」

「意外と思うのは、荒谷くんが私をよく知らなかっただけの話ですね」

「すみません」

「車いすユーザーでも将来つける仕事って何だろう、その中でも私が好きだと思ってできる仕事は何だろうって、よく考えるの。それで今は、スタイリストっていいなって思ってて。色んな人を、その人だけのステージに立たせる仕事」

ステージ、という言葉にすごく心がこもっているように聞こえた。六花は何かステージに関することに思い入れがあるんだろうか。訊《き》いてみようとしたところで、

「渡辺さん。お疲れさま。や、少年も一緒だね！　仲良しでけっこうだね！」
もうおなじみになった長谷川《はせがわ》さんが、また少しまるくなったお腹《なか》を揺らしながらスロープを持ってきた。最近、長谷川さんは伊澄と六花が一緒にいるのを見るたびに「仲良しだね！」とうれしそうな笑顔で言う。そこには伊澄と六花がいわゆるそっち方面の関係に進展するのではないかという無邪気な期待がこもっている気がして、正直弱っていた。長谷川さんのことは好きなのだが、高校生の男女が並んでいたらすべてそういうことになるとは思わないでほしい。六花だって迷惑だろう。

深読みされないように「じゃあ俺あっちなんで」と伊澄は頭を下げてすぐに後ろの車両の停車位置に行った。だから、ステージのことは訊けなかった。そして電車にゆられながら音楽を聴くうちに、自分が問いかけようとしていたこと自体を忘れてしまった。

週明けの月曜日は、腹も減ってきてしんどい四時間目に体育があった。前の週から体力テストが始まっており、握力測定や上体おこし、長座体前屈、反復横跳びなどの項目を、毎回の授業で一個か二個ずつこなしていく。伊澄は握力はそこそこだが、柔軟性はあるので上体おこしや長座体前屈は得意で、反復横跳びも苦手ではない。ただ持久走とシャトルランは本気で勘弁してほしい。ハンドボール投げは平均的だ。

「次は五十メートルと、ついでに百メートルも計るからな。第二グラウンドに集合な」

前回の授業で体育教師に予告されていたので、伊澄は謙信をはじめとするグループの男子たちと第二グラウンドに向かった。普段の体育は男女別々に行われるが、今日は女子も同じ種目のタイムを計るらしく、紺《こん》色に水色のラインが入ったジャージ姿の女子生徒たちがグラウンドに続くコンクリートの道を歩いている。体育は二クラス合同なので、男女がそろえばけっこうな人数だ。車いすに乗った六花の姿もあった。授業は見学するのだろう、力石さくらやほかの女子に囲まれた六花だけが制服のままで、輪郭《りんかく》をペンでなぞったみたいに姿がくっきりと見えた。春の終わりと初夏の始まりの気配が混じった風が、女子たちの笑い声を運んでくる。

「荒谷くん！　今日の体育、楽しみだね！」

だりぃな、ほんとな、と言い合いながら歩いていたら、後ろから弾んだ声をかけられた。伊澄は顔をしかめて無視しようとしたが、声をかけてきた張本人がすばしっこい小動物みたいに前に回り込んできて足止めされた。ますますしかめ面になる伊澄を、清彦《きよひこ》は屈託のない笑顔で見つめてきた。

「楽しみだね！」

「……別に俺は楽しみじゃないけど」

「そっか！　おれ、短距離は得意じゃないけどがんばるね。じゃあまたあとで！」

元気に手を振った清彦は、友達のところに駆け戻っていく。――本当にしつこいやつだ。さすがは長距離走者だな、と苦々しく思っていたら、同じグループの田所《たどころ》という男子がぽつりと言った。

「俺、初日にあいつ見た時、なんで高校に小学生いんの？　って思ったわ」

「ふは。まあ、ちょっと童顔だよな」

「しかもあいつ、なんか微妙にうざいし。空気読めない小学生みたいな」

「はは、伊澄にしょっちゅう絡むしな。な？」

合わせて笑った謙信がこっちに水を向けてきたが、伊澄は黙っていた。今の田所の発言からうっすらと生じた不穏な流れはみんな感じただろうが、止めるでもなく軽く笑うだけだ。だって田所の言うことはそんなに間違ってもないし、深刻になるほどのことでもないし、下手に口を出せば波風が立って面倒だから。

謙信には格付けやヒエラルキーを気にせず生きる希少種だと言われたが、伊澄だってそういうものの存在をまったく感じないわけではない。たとえば、自分よりも背が低い男子に会ったら瞬間的に自分の下に格付けする。幼そうに見えるやつ、自分の言動がまわりからどう見られているかがわかってなさそうなやつ、手際の悪いやつも自分より下と見なす。周囲でそういうマウントの取り合いが常に行われていることは感じるし、自分だってきっとやっているはずだ。

現に清彦のことは、会った時から少し舐《な》めていた気がする。

それでも今、なんとなく嫌な気分になった。だが、だからと言ってわざわざかばってやるほどあいつと親しいわけでもない。むしろうっとうしいくらいだ。とにかく何かにつけて面倒くさい童顔の陸上部員に苛立《いらだ》って、伊澄はため息をついた。

「那須《なす》くん。ちょっと遅いんじゃない？　陸上部でしょ？　もっとがんばってー」

田所が清彦にちょっかいを出し始めたのは、ウォームアップのために五十メートルを流している最中だ。

伊澄の感覚からすると、走行中のランナーに集中を乱すような声をかけるのは完全にアウトだ。だけど今は競技会ではなく、誰もがほどほどに手を抜いている体育の授業で、注意すべきかどうか判断がつかなかった。清彦も文句を言うでもなく、困ったような笑みを浮かべるだけだったから、その場はそれで終わった。

次は五十メートルのタイム計測が始まった時だ。

「えー、那須くん、7秒台？　俺より遅いじゃん。しっかりして」

タイムは出席番号順に二人ずつ並走する形で計測される。走り切った清彦のタイムをストップウォッチを手にした体育教師が記録係に大声で告げると、ゴール前で伊澄たちとたむろしていた田所が声をかけた。ほかの生徒にも確実に聞こえる大きさだった。一瞬傷ついた表情を見せた清彦は、すぐに恥ずかしそうな笑顔になった。なんで笑うんだ、と伊澄は苛立った。でも清彦が笑った以上、田所のやっていることは「応援」みたいな扱いになる。田所は清彦に近づいていくと、自分より背の低いクラスメイトの頭を乱暴になでた。

「那須くん、俺の中一の弟とサイズ似てるから気になっちゃうんだよなあ。次の百メートルはがんばろうね。那須くん陸上部なんだから、俺より遅いんじゃ恥ずかしいよ」

「いや田所、おまえより速いやつって、陸上部関係なくほとんどいないから」

謙信が、たしなめることはせず、でも田所のガス抜きをするみたいに持ち上げた。田所は6秒7を出している。男子は7秒台の真ん中から後半がほとんどの中、確かに目立つタイムだ。まんざらでもなさそうな田所は、清彦の細い首に自分の太い腕をまわした。

「那須くん、百メートルの順番来るまで特訓してあげよっか？　ほら、あっち行くべ」

「や、おれはいいよ、悪いし……」

「だめだめ、今のままじゃ恥ずかしいよ？　諦《あきら》めないでがんばれ」

清彦を鼓舞《こぶ》しているように見せかけて正反対のことをやっている田所の気持ちは、伊澄にはわからない。もしかしたら清彦を嫌う明確な理由があるのかもしれないし、清彦個人に思うところがあるわけではなく、誰かをそうして下に扱うことを何らかの理由で必要としているのかもしれない。それらは全部が推測で、はっきりと判断できることは何もない。人間はあまりにも複雑で不可解だ。自分にとっては気にもならない些細《ささい》なことが、相手にとっては心臓を止めるくらいの痛手になることもある。笑っているからわかり合えているのだと思っていたのに、相手が自分を呪っていることもある。こんなわけのわからない生き物を、本当の意味で理解することなんてできないんだろう。自分に判断できるものがあるとしたら、それは自分自身の思いだけで。

だからここでひとつ判断を下す。

もう、何か言って面倒なことになるよりも、黙って見ているほうが耐えがたい。

「そいつは長距離走者なんだよ」

清彦を特訓に連れていこうとしていた田所は、いきなり声を投げつけられ、きょとんとした顔でふり向いた。謙信も「え、伊澄？」と目をまるくしている。もとから愛想のない声が輪をかけて鋭くなっているのはわかったが、伊澄は続けた。

「陸上部だったらみんな短距離も長距離もハードルも跳躍も投擲《とうてき》も、全部が得意ってわけじゃない。おまえだって現代文は得意だけど古典はマジ意味不明って、この前言ってただろ。それと同じだ。そいつは速く走ることは得意じゃないかもしれない。けど代わりに、おまえだったら自転車に乗らないとバテる距離を自分の足で走り抜ける。だから五十メートルがおまえより遅くたって恥ずかしくない。恥ずかしいのは、何も知らないのに知った顔してバカにするやつのほうだろ」

「は？　何だよいきなり……」

「それと」

それ以上はやめておけ、と内なる自分の鋭い警告が聞こえたが、スピード狂で暴走族あがりの両親から受け継いだ血が「行っちまえ」とアクセルを踏みこんだ。

「おまえ、そんなに言うほど速くないだろ」

田所の表情が、すうっと凍りついた。「あー……」と謙信が顔面を押さえて変な声を出した。

「はあっ？　ならおまえはどうなんだよ。遅かっただろ、俺よりずっと」

「まあまあまあまあ！　田所、落ち着いて。伊澄はほら、クールだから」

「おーい、何やってんだ？　次！　荒谷と上杉！　さっさと来い！」

体育教師が野太い声で呼びながら手を振っている。百メートルの計測が始まったのだ。「あ、俺ら行かないと！　行くぞ伊澄！」とほっとしたように駆け出そうとした謙信を、田所がジャージをつかんで引っ張り戻した。

「おまえ代われよ。俺、荒谷と走るから」

「えぇー？　やめとけよ、別にそんなムキになるほどのことでもないじゃん？　伊澄もほら、謝っとけって。今のはおまえが言いすぎだよ」

「逃げるなよ」

懸命に間を取り持とうとする謙信を無視して凄《すご》む田所を、伊澄は黙って見返した。逃げるも何も、今からタイムを計らなければいけないから自分はスタート位置につく。そこに田所が来るというなら、それは田所の自由だ。

「あれ？　おまえ上杉じゃないよな？　上杉どうした？」

「調子悪いみたいで、あとで走ります。俺が代わりにタイム計っていいっすか。田所です」

「ああ、まあ、いいけど。そんじゃ位置について」

体育教師の合図を受けて、白いライン前でクラウチングスタートの準備をする。肩幅に少し余裕をもたせたくらいに腕を広げ、煉瓦《れんが》色のトラックに両手の指をつく。指先に、日光に温められたタータントラックの温度が伝わってくる。競技会ならスターティングブロックに両足をセットするが、体育の授業ではそんな立派なものは使わない。田所は右脚《あし》を前、左脚を後ろにして、左の膝《ひざ》をトラックにつけたが、伊澄はそれとは左右逆で構えた。

息を吐き、首と肩から力を抜く。横からトンと押されたらそのままごろりと寝転んでしまうくらいに。スタートを切る時、パワーはいらない。必要なのは、合図と同時にとび出す瞬時の反応、そのためのやわらかくリラックスした肉体だ。

「用意」

教師の合図で指をついたまま腰を高く上げて、体幹を前に傾けた。頭、首、背中がまっすぐ一直線になるように。一瞬、何やってるんだろうな、というのが頭をかすめたが、スタートのホイッスルが響き渡った瞬間、思考も音も全部が消えて足先がトラックを蹴《け》った。

普段は存在すら忘れている空気は、人間が走ろうとした瞬間、暴徒を押し戻す盾《たて》みたいに強固な壁となって立ちはだかる。

身体《からだ》を押し戻そうとする風に捕まらないよう、スタート地点からとび出した瞬間の頭を下げた姿勢のまま走る。力まず、でも矢のように全身で風を切り裂きながら、前へ、前へ。十メートル、二十メートル、じょじょに上体を起こしながら距離を重ねるごとにスピードに乗って、伊澄の場合、六十メートルを越えたところでトップスピードに達する。

その瞬間、自分を拒絶していたはずの風と自分自身が同化する。風は自分をはねつけるものではなく、自分が作り出すものに変わり、身体が軽くなる。どこまでも行ける。自分を縛るあらゆるものから解き放たれて自由になる。自分の肉体に眠る力がフルに使われる感覚、走るということの真髄《しんずい》のひとかけらを味わった瞬間、自分が生まれてきた意味を知る。この一瞬を味わうためだったんだという確信。そうだったのだ、かつては。

でも今の自分にはそんな瞬間は訪れない。最後まで中途半端に風の抵抗に捕まったままゴールラインを踏んだ。ぼんやりとした失意を感じたまま数メートルを流して走り、身体の向きを変えたところで、息を切らした田所の姿が目に入った。そうだ、一緒に走っていたんだ、と思い出す。田所は目を合わせないように下を向いて黙りこんでいたから、伊澄も何も言わずにすれ違った。

「おいおいおいおい、伊澄なんなの⁉　すげー速いじゃん⁉」

のろのろ歩いてスタート地点に戻ると、興奮ぎみの謙信が駆けよってきた。

「11秒1だってよ！　てかほんとは11秒07で、もうちょいで10秒台！　今までのトップのタイムも12秒後半だよ、おまえダントツ！　走り方、めちゃくちゃきれいだった。伊澄、陸上とかやってた？」

謙信の声をぼんやり聞きながら、11秒07、と頭の中でくり返す。思っていたよりタイムが出た。でも記録会の電動計測と違って手動計測だから、たいして信用できる数字ではない。風向きが追い風だったのもかなり大きいだろう。

左膝をそっとさすってみるが、痛みはなかった。違和感もない。だけど達成感も爽快感《そうかい》もなくて、気だるいむなしさだけが残っていた。「荒谷！」と体育教師が走ってきた。

「おまえ、部活は？　陸上部入ってるのか？」

「帰宅部です」

「はあー!?　もったいないべ、その足で。それならおまえ、野球部来ないか?」

「俺、球技全般ド下手なんです。とくに野球はやったこともないんで」

「大丈夫だ、俺が一から教えてやる。はじめは代走だけでいいから――」

「部活は、もういいです。失礼します」

まだしゃべっている体育教師に頭を下げてきびすを返した。少し先に、ぽつんと立っている男子生徒がいた。清彦だった。

楽しみだね、とキラキラ目をかがやかせていたあの時とは違う、何をどう言えばいいのかわからないという顔だ。

もう速くないだろ、俺は。

おまえの記憶の中にいる、おまえが憧れた俺とは、今の俺はもう違うだろ。

もの言いたげなまなざしの清彦から目を逸《そ》らし、黙ってすれ違った。


その日は、昼休みの途中から急速に空が暗くなり、不穏な雷鳴と一緒に雨が降り始めた。昼休み明けの授業は担任の矢地《やち》が担当する古典だったが、教室全体が落ち着かなかった。嫌でも耳に入ってくる荒々しい雨音と本能的な危機感を覚える雷の音に、みんなそわそわと窓をうかがう。「みなさんが注目しても雨はやみませんよ、集中!」と矢地が何度もパンパンと手を叩いて注意した。それでも伊澄はすぐに意識が浮いてしまい、雨にけぶった風景の、そのずっと向こうにある煉瓦色のトラックをながめていた。

「伊澄くん、この上杉謙信がおまえと田所の仲直りカラオケ大会を企画してあげましたよ。帰りにみんなで寄ってこ？　おまえ傘忘れてきたって言ってただろ、入れてやるから」

帰りのホームルームが終わると、後ろの席の謙信に背中をつつかれた。謙信は気ままなようで案外こまやかに周囲の人間を気遣うやつなのだ。人懐っこい笑顔をながめて、こいつは要領よく人を使うけどいいやつだな、としんみり思った。世の中は、自分のような人間が踏み荒らしたあとを、謙信のような人間がケアしてくれることで成り立っているんだろう。

「ありがと。けど、いい」

「そこは『よっしゃ行こう』って乗るとこだぞ、伊澄！　おまえそういうとこだぞ！」

「音楽、聴くのは好きだけど歌うのはだめなんだ。音痴《おんち》だから。……悪かった、体育の時」

スクールバッグを持ってのろのろ近づいてきた田所に、端的に謝った。謙信に「言いすぎだ」と言われたが、その通りだ。清彦にちょっかいを出すのをやめさせるためにしては自分の言葉は棘《とげ》がありすぎたし、田所を馬鹿にするような発言だって必要なかった。

田所は気まずそうに唇を曲げて、耳の付け根をさわった。

「別に。俺も、なんか悪かったし」

「言うほど速くないっていうのも忘れて。あれ間違いだから」

「11秒1のやつに言われると嫌みだわ」

田所が顔をしかめながら笑って、それが合図だった。声変わりしても、身体がでかくなっても、自分たちのしていることは幼児の時と変わらない。感情に振り回され、傷つけて、傷つけられて、ごめんと謝り合って仲直りをする。

だけど、何をどうやっても二度と戻らないことがあるということも、今はもう知っている。謝っても仲直りできない相手がいるし、どれだけ努力しても元通りにならないものがある。明日も明後日も当たり前にそこにあるのだと信じ込んでいたものを根こそぎ失った時、初めて、こんなにもどうにもならないことが自分の人生にも起こり得るのだと知った。

謙信たちと別れて教室を出たものの、昇降口まで来たところで、そうだ、傘がなかったんだと思い出した。さっき謙信にも言われたのに、頭が鈍っている。朝、歯みがきをしながらちゃんと天気予報を見て、傘を持って出ようと思ったはずなのに、靴《くつ》を履《は》く頃にはころっと忘れてそのまま出てきてしまったのだ。濡れて行こうと決断するには豪快すぎる降り方で、伊澄はため息をついて廊下に戻った。

雨が弱まるまで、どこかで時間をつぶそう。ワイヤレスイヤホンをはめながら歩いていると、リノリウムの廊下の突き当たりでエレベーターの扉が開くのが見えた。廊下には下校する生徒や、部活に向かう生徒が大勢いる。制服の群れの向こうに見え隠れする水色の車いすは、伊澄がいるこちら、昇降口方向にやって来るかと思いきや、なぜかエレベーター前の廊下を右手に曲がっていった。

どこに行くのだろう。あの先には、特別教室棟に行くための渡り廊下しかないはずだ。つぶすしかない時間を持て余していたところだったから、深く考えずに伊澄はあとを追った。生徒たちの間を縫《ぬ》って渡り廊下に出た時には、六花の姿はずいぶん遠くにあった。

簡素な渡り廊下は、トタン屋根が頭上を保護しているだけで壁はない。蛇腹《じゃばら》みたいになった屋根の溝《みぞ》から、どしゃ降りの雨がいくつもの細い滝になって流れ落ちている。飛びはねた水滴はコンクリートの足場にも散って、歩いているうちに上履きがしっとりと湿ってきた。もっと雨が強くなったら屋根があっても関係ないくらい濡れてしまうだろう。こんな天気の中を車いすの彼女、じゃなくて、車いすユーザーの彼女はどこに行くつもりなのか。六花はなめらかなハンドリム捌《さば》きで丁字路みたいに分岐した渡り廊下を北方向に曲がった。そしてまた、するすると水色の車いすで進んでいく。

渡り廊下の終点が見えてきた。意外なものがあって、伊澄は目をまるくした。

昔、親戚の結婚式に出席した時、チャペルの外にあった巨大な鳥かごみたいなあずまや。あれとそっくりなものが、渡り廊下の終点に設置されていた。あずまやの中には木製のベンチがぽつんとひとつだけ置かれている。このあずまやは位置的に特別教室棟のかげになっており、入学から十日が経つ今までこんなものがここにあることに気がつかなかった。たぶん、やって来る人間自体が少ないのだろう。寂れた雰囲気の漂うあずまやの周りには、植えているというよりは勝手に生えているという感じで草花が茂っている。

六花は鳥かごのようなあずまやに入って車いすを停めた。ブレーキレバーを引いて車いすを固定すると、銀色の斜線をいくつも書き殴ったような風景をながめる。その華奢《きゃしゃ》な後ろ姿を見てやっと、自分は邪魔なのではないかと気づいた。六花の後ろ姿には、この場には自分ひとりだけと信じ切っている無防備さがあった。

そもそも、なぜこんなひと気のない校内の穴場に来たかといえば、喧騒《けんそう》から離れてひとりになりたいからだろう。尾行してきたことがバレたら、きっとあの切れ味鋭い舌鋒《ぜっぽう》に成敗される。伊澄は慎重に、息を殺しながらきびすを返した。さいわい六花はまだこちらに気づいていないから、見つかる前に消えよう。

背中を向けて、歩き出そうとした瞬間、その歌は聞こえてきた。

透きとおった歌声だった。清流の水を連想させるほど澄んでいるのに、雨音をつらぬいてどこまでも伸びていくしなやかさと強さがあった。伊澄は立ちつくして、美しい調べに聞き入った。もう一歩も動けなかった。

六花が歌っているのは英語の歌だった。有名な曲なんだろうか、どこかで聞いたことがあるような気がする。シンプルな、それでいてどこかに帰りたいような気持ちを抱かせる旋律だ。ひとつひとつの単語はわりと聞き取ることができるのだが、それらをつなげて正確な意味を理解することはとっさにはできない。それなのに胸が締めつけられた。それは誰かが大切なものを失い、二度と戻ってこないものを悼《いた》んでいる、そんなかなしみを思わせる歌だった。

じょじょに盛り上がるメロディに合わせて、六花の声量が増していく。歌の最大の山場であろう最高音が、かすれることも、苦しげになることもなく、美しいビブラートをかけながらありったけの切なさで響きわたった時、全身に鳥肌が広がった。

歌はやがて始まりと同じメロディに戻り、眠るようにゆっくりと静まって、終わった。

荒っぽい雨音だけがまた聞こえるようになっても、動くことができなかった。胸に名前のわからない感情があふれている。嵐が過ぎ去ったあとのように、心が痛みを含んで澄んでいる。ほんの何分かここに突っ立って歌を聞いていただけなのに、誰かの一生を体験したような感覚があって、立ちつくすことしかできない。

ため息をついた六花が、何気ない仕草で首をめぐらせて、伊澄と目が合うなり感電した猫のような顔をした。

「どうしているの!?」

「……傘忘れたから、雨が弱くなるまで待とうと思って」

「いつからいたの!?」

「わりと前から」

「わりと前って具体的には!?」

「渡辺さんがエレベーター降りて、ここに来た時から」

それではあとを付けてきたと白状しているに等しいのだが、衝撃がまだ抜けなくて、うっかり正直に話してしまった。六花は信じられないという表情で絶句して、へなへなと顔を伏せてしまった。

「恥ずかしい……」

「いや、うまかったよ。うまかったっていうと何か違うけど――すごかった」

「それなりにうまいのは自分でも知ってる。そうじゃなく、こんなところでひとりで思いっきり歌ってるのを見られたのが恥ずかしいの」

「そっすか」

「今日は雨だから母が迎えに来てくれることになってて、でもまだ仕事が終わんなくて時間がかかるから、ここなら誰も来ないと思って」

「そんなに言い訳しなくても……本当にすごかった。お世辞じゃなくて。今の、何て曲？」

隣に移動しながら訊《たず》ねると、六花は黒い髪を手ぐしで整えながらため息をついた。

「『メモリー』。『キャッツ』っていうミュージカルの曲」

「……あ。中一の芸術鑑賞会の時、それ観《み》たかも。有名な劇団が仙台《せんだい》で公演してるからって、クラスごとにバスに乗って――歌ったり踊ったりする猫がいっぱい出てくるやつ？」

「そう、それ。荒谷くんはあの仙台公演、観たんだ。いいなあ……『メモリー』は、グリザベラっていう猫が歌う一番有名なナンバーなの。昔はとびきり美人な娼婦《しょうふ》だったけど、今はもうしわしわのおばあさんになっちゃって、みんなに嫌われてるグリザベラ」

娼婦なんてさらっと言われて、ちょっとドキリとした。

「それ、ボロボロの服着たおばあさん猫だよな？　ミュージカル観た時にも気になったんだけど、なんであんなに嫌われてるの？　つまり、そういう職業だったから？」

「はっきりと理由は描かれてないんだよね。でもたぶん、彼女が娼婦だったからっていう理由のほかに、もっと根深いものがあるんじゃないかな。グリザベラが姿を現しただけでみんなザワッとして、不吉なものみたいに彼女から距離を取るでしょ？　それは彼女が老いたからなんだと思う。昔は誰よりもきれいだったのに、歳《とし》をとって見る影もなく醜《みにく》くなって、落ちぶれたままそのうち死ぬってことを――本当は誰もが彼女と同じようになるということを突きつけられるから、本能的に『嫌だ』って嫌悪するんじゃないかな」

伊澄は耳を傾けながら、六花の考察の奥深さに驚いていた。

「でもね、そんなグリザベラが、満月の集会で歌うの。どんなに美しい日々も過ぎ去っていくこと。色褪《あ》せないものはないこと。でも幸せの意味は、そうやって毎日を思い出にしながら生きていく中にあること。どんなに疲れ果てて虚《むな》しくても、また陽《ひ》は昇って新しい日が始まるということ。何もかも失った彼女だからこそ、その歌が歌えるの。彼女の歌はみんなの心を打って、グリザベラは天上に昇って新しい人生を生きられる特別な猫に選ばれる。何かを失った人たち、これから何かを失っていく人たち、すべてのための歌なんだと思う、この『メモリー』って」

「……渡辺さん、ほんと詳しいんだね」

それが核心をほんのわずかにかするだけの浅い言葉だということは、自分でもわかっていた。でもほかにどう言えばいいのかわからない。

六花はしばらく黙ったまま、あずまやの屋根から流れ落ちる雨だれをながめていた。危機感を覚えるくらいだった雨は、いくらか勢いが落ち着いてきた。

「――ミュージカルスターになりたかったの。小さい頃からずっと」

秘密を打ち明けるような声は、雨音にまぎれてしまいそうだ。

「小学一年生の時に、荒谷くんが中一の時に観たっていう劇団の仙台公演があって、もう死んじゃったけど母方のおばあちゃんが連れてってくれたの。それが『キャッツ』で、何だろう、観終わったあと放心状態になっちゃって。まだ小さかったから、ストーリーとか台詞《せりふ》ひとつひとつに込められた意味とかを全部ちゃんと理解できたわけじゃないんだけど、とにかくすばらしい、私の人生を変えるものを観たんだってことはわかったの。それで、自分もあのステージに立つ人になりたいって思ったの」

ステージ、と聞いて思い出した。将来はスタイリストになりたいと話してくれた時、六花は言ったのだ。色んな人を、その人だけのステージに立たせる仕事をしたい、と。その時の彼女が口にした「ステージ」には、何か特別な響きを感じた。

「それからはもう一直線。ミュージカル俳優になるにはどうしたらいいのか調べて、とにかく歌って踊って演じられるようにならなきゃいけないから、両親に歌とバレエを習わせてって頼み込んだ。どっちもすごくお金がかかるから、もう一生、誕生日プレゼントもクリスマスプレゼントもお年玉もいらないからって」

「小学一年生で？　すげえな」

「すごいでしょ？　でもね、一ミリも迷わなかった。運命だと思ってたから」

六花が浮かべたほほえみは、これまで彼女が見せてきた凜々《りり》しいそれとは違い、月明かりみたいに繊細だった。

「私がどんな人間になるのか、神様が教えるためにあのステージを見せてくれたんだって思ったの。今考えると大げさで恥ずかしいんだけど、でもあの時は本当に観ているもの全部が夢みたいに素敵で、自分が生まれてきた意味がわかったって本気で思った」

自分が生まれてきた意味を知る瞬間。

知っている。自分もその一瞬を体感したことがある。ループするだけでどこにもつながっていない陸上競技用トラック。だけどそこを誰よりも速く駆け抜けられた時、自分はどこまでだって行けるのだと思えた。誰よりも自由だと思えた。自分に与えられた無限の可能性と幸福を何度だって味わうために、俺は生まれてきたんだと思えた。

「え、ちょっと――どうしたの?」

六花が目を大きくしている。何も言えず、伊澄は目もとを押さえた。

「やだ、違うよ、別にかわいそうとか気の毒とか思ってほしくて話したんじゃないの。ミュージカルに詳しいねって言われたから、そうですよ、私こういうわけで詳しいんですよって話したかっただけで、そんな……そんな気持ちにさせたかったわけじゃ……」

普段は迫力満点の滑舌と台詞まわしでズバズバ切りこんでくる彼女が、焦った声をどんどんしぼませていくのがおかしかった。伊澄は目もとを覆《おお》っていた手を離し、息を吐いた。

「別に泣いてないんで」

「……びっくりさせないでよ。呪われたいの？」

「俺は、百メートルの世界記録保持者になりたかった。小さい頃から」

今まで誰にも話したことがない夢を打ち明ける声は思いのほか小さくなった。けれどちゃんと届いたことは、こちらをまっすぐに見つめる六花のまなざしからわかった。

「そういえば、今日の体育で荒谷くんが百メートル走るの見てたよ。五十メートルの時は手抜きしすぎじゃないの？　って思ってたけど、百メートルは別人みたいだった。駅で泥棒を捕まえた時よりも、もっとずっと速かった。女の子たちも騒いでたけど、気づいてた？」

「いや、全然。全然気づいてなかったし、あれは全然速くない」

雨が、また強さを増してきた。屋根から水の飛び散る音が大きくなり、風景が鈍い銀色に霞《かす》んでいく。

「俺、小さい頃から走るのが好きで、小学生の時は近所のかけっこ教室とか仙台の陸上クラブに行ったりしてた。で、中学生になって陸上部に入ったんだけど」

「中学生男子の百メートル県記録、荒谷くんが中三の時に更新したって本当？」

「……なんで知ってんの？」

「那須くんが教えてくれた。私と那須くん、中学が同じでしょ。そのよしみっていうか、私と荒谷くんが仲いいと思ったみたいで、荒谷くんに陸上部に入るように言ってほしいって頼まれたんだ。そういう個人的なことに他人が口を挟むのはおかしいと思うから断ったんだけど」

そんな裏工作までしていたのか、あの童顔長距離走者は。顔をしかめてから、今日の体育で清彦が見せた、言葉が見つからないような表情を思い出した。あれはショックを受けた顔だった。もう、うるさく誘ってくることもないだろう。

「県記録を出した時がピークで、大会に出たのも最後だった。そのあと、故障して。左膝の半月板損傷と前十字靭帯《じんたい》断裂」

「ものすごく痛そうってことだけはわかるんだけど、陸上やってるとよくあるけがなの？」

「いや、サッカーとかバスケなんかだとわりと聞くけど、陸上競技者にはほとんどない。俺も走ってる時にけがしたわけじゃない。事故みたいなもので」

「みたいなものって、ただの事故じゃないの？」

まっすぐすぎる彼女の目に見つめられ、自分はそう訊ねてほしかったのだと気づいた。自分から大っぴらにするにはためらいがある、それでも誰かに吐き出したい。だから先を訊いてくれと誘うような言い方をした。――普段はクールぶっているくせに、実のところとんだ甘ったれなのだ、自分という人間は。

「チームメイトと言い合いになって、階段から落ちた」

『おまえのそういうところがずっと嫌だったんだよ』

落下する前、最後に聞いた低い声が耳の奥によみがえった。

「鼻にかけてたつもりはなかったけど、それでもやっぱり、そのへんのやつらと俺は違う、俺はおまえらより速いってどこかで思ってたのかもしれない。少なくとも、そういう風に感じてるやつはいた。陸上部の中で、一番仲がいいと思ってたやつ。中学に入った時に同じクラスになって、一緒に陸上部入って、同じ短距離やって、ずっと一緒に走ってきたやつ」

彼は速水《はやみ》といった。『足速そうな名字だろ?』と明るく笑う顔が、ちょっと清彦に似ていた。負けず嫌いだけど卑怯《ひきょう》な真似は絶対にしなくて、一緒にいて心地いいやつだった。自分だけではなく、チームメイトみんながそう思っていただろう。

入部した当初には拮抗《きっこう》していたタイムが、じょじょに自分のほうが速くなり、三年生の頃には1秒以上の差がついても、何とも思わなかった。自分は、速く走りたい、誰よりも速く走りたいということだけを寝ても覚めても考えていて、ひたすら練習に没頭していたから、更新されていくタイムは順当な結果でしかなかった。それをほかの人間がどう思っているかなんて考えもしなかったし、走る以外のことには本当に雑だった。

だから、人の気持ちに対しても鈍感で、自覚なく無神経なことを言ったりやったりしていたんだろう。初対面の六花を車いす呼ばわりしたり、友好を結ぼうとしてきた清彦に手ひどい言葉を投げつけたり、田所のプライドをわざと傷つけたりしたように。

中学生男子百メートルの県記録を更新した中三の夏の大会、その競技会場でのことだった。自分の出番が終わり、しかもベストタイムを出すことができて、そう、確かにあの時はいい気になっていた。フィールドに隣接した施設で休憩を取っていた時、速水と口論になったのも自分が原因だった。そこに悪意があったかと訊かれれば、なかったのだ。だがいっそ悪意があったほうがまだマシだったんだろう。そんなものがなくても相手が一番傷つく言葉を平気で吐くくらい、あの時の自分は傲慢《ごうまん》だった。

『おまえ、今日の結果じゃ萩《はぎ》高の推薦厳しいんじゃない？』

萩丘《はぎおか》高校は全国的にも知名度のある仙台の陸上強豪校で、伊澄はその陸上部からほぼ本決まりのスポーツ推薦の話をもらっていた。速水も当然、中学を卒業したらより高いステージを目指して自分と同じ場所へ来るのだと思っていた。けれど大会で普段よりもだいぶタイムを落とした速水は、やけに体温のこもっていない声で答えたのだ。

『いいよ、別に。陸上は中学でやめるし』

そんな話は聞いたことがなかったから、すごく驚いた。ショックを受けたと言ってもいい。だが、そのショックはすぐに軽蔑《けいべつ》に変わった。あれは落伍《らくご》者を見る気持ちだった。

『へえ。その程度だったんだ、おまえ』

彼の陸上に対する情熱や愛情、そういうもののことを言ったつもりだった。でもまるで彼という人間そのものを見下げたように聞こえても無理はない。いや、もしかしたら、腹の底には本当にそういう気持ちがあったのかもしれない。だからあんな言葉が出たのかもしれない。

速水の顔を見ていると苛立ちがつのりそうで、顔を背けて立ち上がった。夏の陽光に照らされたフィールドに戻るために。速水が逃げて、自分は残り続ける場所に戻るために。その時、腹の底に溜まった呪いを吐き出すような、低くしゃがれた声が聞こえたのだ。

『おまえのそういうところがずっと嫌だったんだよ』

左の鎖骨のあたりをドンと押されて、バランスを崩した。その後、何度も何度も考えることになる。あそこが階段のすぐそばではなかったら。自分が踏みとどまっていたら。何かつかまるものが近くにあったら。速水が、とっさに伸ばした自分の手を握ってくれたら。

でも、現実の自分は、真っ逆さまに階段を落ちていった。

頭を打って脳震盪《のうしんとう》を起こしたから、残っている記憶は断片的だ。ただ、自分の左膝の内側でブツンと組織が千切れる音をはっきりと聞いたことと、脳みそをめった刺しにされるような激しい痛みだけは覚えている。

意識を失っている間に搬送された病院で、脳のＣＴ検査だとか左膝の保存治療だとかが行われ、目が覚めるとベッドのわきに母親が硬い表情で座っていた。母は「私が余命宣告を受けたら絶対に包み隠さず話しなさいよ」と息子に言いつける人だから、息子にもオブラートに包むことなく正確に診断結果を伝えた。左膝の前十字靭帯が断裂し、半月板も損傷していること。走者としての今後を考えるなら、靭帯の再建手術を受けるべきであること。その手術を受けてもどこまで回復するかは今の段階では何とも言えないこと。ただ、少なくとも手術とリハビリを含めて一年、あるいはそれ以上のブランクが空くのは避けられないこと。

けがをした直後のほうが、まだ冷静だった。もちろんそれは冷静なつもりでいただけなのだが、少し時間が経って自分の身に起きたことを理解してからのほうが精神は荒れた。特待生待遇での推薦が内定していた萩丘高校から探りが入って、今後の回復次第では推薦の内容を変更するか、取り消すかもしれないと言われてからは、荒れに荒れた。

面会がゆるされるようになると陸上部の顧問がやってきた。とにかく今はけがを治すことだけ考えろ、絶対にまた走れるようになるから、と諭《さと》す顧問の隣で、速水はずっとうつむいていた。ほら速水、と顧問に促《うなが》されてからやっと、憔悴《しょうすい》しきって別人みたいになった顔を上げた。

速水は、ただ黙って、額《ひたい》が膝につくほど深く頭を下げた。

ごめん、とか、具合はどうだ、というような言葉も一切なかった。あれくらい避けられないおまえがドジなんだ、とか、あんなことを言ったおまえが全部悪いんだ、とか、そんなことでもいいから何か言ってほしかった。でも速水はいつまでも背中をまるめて頭を下げたまま動かなくて、急にパリンとガラスが割れたみたいに、全部わからなくなった。

俺は今まで何をやってたんだ？

速く、速く、誰よりも速く走って、それがいったい何になるんだ？　そうやってほかの全部をないがしろにしてやってきたことの結果がこの状況なのだとしたら、それは、なんて下らないのか。そんなことに十五年の人生の大部分を捧げてきたのか。なんて——アホらしい。

それからは一転、手負いの獣《けもの》みたいに荒れていた気持ちは、どろどろの重油の表面みたいにぴくりとも波打たなくなった。何もかもが薄紙一枚を隔てた向こう側にあるように味気なく、もう走れなくなるかもしれないと思うたびにこみ上げていたあれだけの恐怖も、誰かほかの人間の事情みたいに思えた。

『金なんざどれだけ掛かったってかまわないわよ、受けなさい』と母親に胸ぐらをつかんで凄まれたので、靭帯の再建手術だけは受けたが、日ごとに傷が回復し、リハビリを重ね、動かなかった足がじょじょに元に戻っていくのと引き換えのように、走りたいという気持ちは失せていった。受験が差し迫る冬の頃には、井戸の水が涸《か》れ果てるように、憧れも情熱も生まれた意味を悟る瞬間に焦《こ》がれる思いも、一滴残らず消えていた。

それでも退院して学校に復帰した日、速水に会うために、陸上部の部室に行ったのだ。もう手遅れだとは思う、だけどあの日に自分が言ったことを謝りたくて。

けれどチームメイトに、速水がずいぶん前に退部したことを知らされた。

その足で伊澄は顧問のもとへ行き、陸上部を退部すること、スポーツ推薦も辞退することを伝えた。

三年生の時には速水とはクラスも別だったから、その気になれば顔を合わせずに暮らすことは可能だった。廊下で姿を見かけることさえ稀《まれ》だったから、速水のほうも自分を避けていたんだと思う。

無言で頭を下げ続ける姿を見たあの日以来、速水とは何も話していない。


「その人は、それからどうしたの？」

六花の張りのある声は、雨音の中でもくっきりと耳に届く。風景はまだ暗い銀色にけぶっているが、雨が屋根やコンクリートを叩く音はさっきよりも幾分静かになっていた。

「仙台の私立に行ったたって聞いた。それしかわかんないな」

「那須くんがいくら誘っても陸上部に入らないのって、その人のことがあるから？」

六花の口調には下手な気遣いやなぐさめが一切なく、それが却ってよかった。

「駅で泥棒を捕まえた時も、今日の体育の時も、私から見たらチーターみたいに速かったし、けがをしてるなんて全然わからなかった。本当は、もうよくなってるんじゃないの？　その気になったら走れるくらい。それでもそんなに一生懸命やってた陸上に戻らないのは、本当は、けがのことよりその人のことを気にしてるから？」

「ズバズバくんなぁ」

「一回死にかけてから、まわりくどいことはやめたの。人生って思ったより時間がないんだってわかったから」

十代前半にしてそんなことを悟ってしまったから、彼女はやたらと切れ味がよくて潔《いさぎよ》いんだろうか。身に起きたことから何も学べていないし、悟れてもいない自分とは違って。

「自分でも、よくわからない。だいぶ治ってるのは本当で、でも前と同じようには走れないのも本当で、一番速かった自分に戻れないならもういいって思う。それに、もし陸上部に入って大会とかであいつと顔合わせたらって思うと怖いし、あっちも相当嫌だろうなって思う」

今まであまり意識しないようにしていたことを言葉にするうちに、あいつも同じようなことを考えて陸上をやめているかもしれない、と思い当たった。それは——とても残念でかなしいことだと思った。自分のことは棚に上げて、彼には今も走っていてほしいと思った。

「走ろうと思えばできるくせに甘ったれんなって、思われるかもしれないけど」

「思わないよ、そんなこと」

六花の目つきと声は鋭いくらいだ。

「私の足のことと、荒谷くんのけがのことは別の出来事でしょ。その人に起きたことの重みは他人と比較なんかできないってことくらい、私だってちゃんとわかってる。せっかく治ったのに使わないなら私にちょうだいよ、なんて映画の台詞《セリフ》みたいなこと言わないし、一ミリも思わないから。見くびらないで」

「すみません」

「以後気をつけて」

ツンと顎《あご》を反らした彼女の、足代わりである水色の車いすを、伊澄はながめた。

「この前、将来はスタイリストになりたいって言ってたよな。それって、ミュージカル俳優にちょっと近いから?」

「うん。それなら、ステージに立つ人たちに関われるかなって」

「車いすでステージに立つことって、できないのか」

彼女は、もう踊ることはできないかもしれない。でも彼女には声がある。取り返しのつかないことをしでかした男子高校生の、無神経な心すら動かす歌がある。

「できないことはないよ。ハンデを持っていても、そういう世界で活躍してる人たちはたくさんいる。プロの世界じゃなくても、もっと身近なところでミュージカルが好きな人たちとステージに立つこともできるかもしれない。でも、それは、私が立ちたかったステージじゃない」

静かに、しかしきっぱりと、六花は言った。

「私が立ちたいのは、小さい頃におばあちゃんに連れていってもらった、あのステージなの。夢みたいに楽しくて、キラキラきれいで、でもその裏側では誰もが血を吐くくらい苦しい練習に耐えてる場所。努力の量や気持ちの強さなんて関係なくて、認められた人だけが残されて、そうでなければどんどん切り捨てられていく場所。私が行きたいのはそこだけ」

六花と同じようなことを、自分も以前に言ったことを思い出した。走ることそのものは喜びにならないのかと問う母に、自分はそうではないと答えた。競いながら走り、そして誰よりも速く在《あ》ること。それが自分の喜びだった。いい悪いの問題ではなく、自棄《やけ》になっているのでもなく、ただ自分が求めてやまないのはそういうもので、きっと六花にとってもそうなのだ。

運命だと確信するほど彼女が愛したものは、切り立った崖のような場所にある。好きという気持ちや努力を惜しまない情熱は当然で、その上で肉体的にも選ばれた一握りの者しか進めない場所にある。

「だからいいの。ちゃんともう整理はついてる。私はステージに立つ人間じゃなく、ステージに立つ人たちを支える人間になりたい。そう決めたから」

カーテンコールに応《こた》える女優のようなあざやかな笑顔に何も言えずにいると、六花が淡い茶色の瞳で空を見上げた。

「雨、やんできた」

伊澄も空を仰いだ。鉛《なまり》を流したようだった灰色の雲に切れ間が広がっていた。重苦しく垂れこめる雲の、割れ目の縁だけが淡い金色にかがやいて、そこから透きとおった光が幾すじも、細い鎖のように地上に射しこんでいる。

「きれいだね。なんか、あそこに神様がいるみたい」

唇をほころばせた六花は、澄んだ声で続けた。

『神様は扉を閉める時、別のどこかで窓を開けてくださる』」

「……何それ？」

「『サウンド・オブ・ミュージック』っていうミュージカルの中の台詞。主人公のマリアは修道女見習いなんだけど、あんまり自由奔放《ほんぽう》でおてんばだから、修道院を出て軍人一家の家庭教師をするように言われるの。最初はしょげてたマリアが、自分を勇気づけるためにこう呟《つぶや》くんだ。リハビリ病院にいた時に映画を観て、それからずっとこの言葉が私のおまもりなの。もう一回全部最初から始めて、私も窓を探そうって思った」

まだ霧《きり》のような雨が舞う淡い光の中で、六花はほほえんだ。

「荒谷くんも見つかるといいね。神様が荒谷くんのためにどこかに開けてくれた、窓」

その日は帰宅すると珍しく母が仕事から帰っていて、さらに珍しいことにキッチンで料理をしていた。とにかく忙しい母なので、家事代行アルバイトの町子《まちこ》さんが休みの日は、出来合いの総菜《そうざい》や外食で済ませることが多いのだ。

「おかえり。なんか急に、とろっとろのビーフシチューが食べたくなっちゃってさ。あと一時間くらいでできるけど、それまで待てる？　お腹すいてたら町子ちゃんが作り置きしてくれたサラダチキンがあるから、それでもかじってて」

「いや、平気。課題やってるから、できたら声かけて」

「おっけー」

仕事がうまくいったのか、鼻歌まじりに鍋をのぞきこんでいる母の前を伊澄は通りすぎ、でもすぐに戻った。

「あのさ」

「ん？」

「ありがとう、靭帯の再建手術の時。あれ五十万円とか、ものすごい金かかっただろ。……ありがとう。無理にでも受けさせてくれて」

母はおたまを握ったまま、ものすごくびっくりした顔で固まっている。

「……え、どうしたの、急に？　もしかして今夜こっそりどこかに旅立つの？　旅立ちを止めはしないけど、就職のためにも高校だけは卒業したほうが」

「違う。ただ、ちゃんと礼言ったことなかったから」

自分の部屋で部屋着に着がえてから、机のすみに寄せていたノートパソコンを開いた。去年、母親が仕事用のパソコンを買い替えた時に譲り受けたものだ。

動画投稿サイトで『キャッツ』『メモリー』とキーワードを入れて検索すると、膨大な動画がヒットした。その中でも一番再生回数の多いものを選んだ。

動画が再生されると、ガラクタだらけのごみ捨て場のセットを背景に、みすぼらしい老女猫に扮した女優が映った。ぼろきれみたいな服に、しわだらけの顔、薄汚れた長い髪、脚を痛めているようなぎこちない歩き方。そういえばこんな感じだった、と芸術鑑賞会で観た舞台を思い出した。

スポットライトが女優を照らすと、ヘッドホンから歌が流れ出す。すれっからした老女の姿からは想像もつかない、透明な美しい声だ。

『グリザベラが、満月の集会で歌うの。どんなに美しい日々も過ぎ去っていくこと。色褪せないものはないこと』

月明かりで織り上げたような歌に聴き入るうちに、どうしてなのか、中学の陸上部の情景がよみがえってきた。

グラウンドの土に白い石灰《せっかい》でラインを引いただけのトラック。放課後の練習の時、夕暮れの空にまっすぐに伸びていた飛行機雲。部活帰りにチームメイトと飲んだコーラの味。雪が積もって屋外の練習ができなくなった冬の日々、体育館で黙々と筋トレに励むものの、すぐに飽きてみんなで恋バナしたこと。タイムを更新してこぶしを突き上げる、速水の笑顔。

おまえが目《め》障《ざわ》りだという力で突き飛ばされた感触。落下していく時に見えた、速水のいっぱいに目を見開いた顔。こっちに伸ばされて、でも届かなかった手。

『幸せの意味は、そうやって毎日を思い出にしながら生きていく中にあること』

今度は、六花の姿がよみがえる。小さな頃にとびきりの夢に出会って、一生分のプレゼントもお年玉もかなぐり捨てた女の子の、雨の中でひとり歌う後ろ姿。

『どんなに疲れ果てて虚しくても、また陽は昇って新しい日が始まるということ』

運命とすら思っていた夢を失ったはずの彼女は、それでもひと言も恨み言を口にしなかった。ただほほえんで、窓の話をした。彼女の夢の扉を閉ざした神様が、彼女のためにどこかに開けているという窓のことを。

歌が終わると目の奥が熱くなり、しずくが頬《ほお》を伝い落ちていった。

これは何かを失った人たち、これから何かを失っていく人たち、みんなのための歌だと彼女は言った。

自分の場合は、失ったなんて大げさなものじゃない。全部が自業自得で、なるべくしてなった結果なのだ。だが、それでも、自分の一部のように思っていた友達と目も合わせずに別れた日から、ずっと身体に穴が開いているようだった。かつて自分の中に満ちあふれていた野心も、情熱も、全部そこに吸いこまれて消えていった。扉が固く閉じられて鍵までかけられたように、進むべき場所が見えなくなった。

でも、どこかに自分のための窓が開けられているというなら、俺もそれを見つけたい。彼女のように、もう一度、俺も新しく始められるものを探したい。

第三章

綾峰《りょうほう》高校には創立時から続く伝統行事がある。

その名も『青嵐《せいらん》強歩』。開催は毎年新緑の五月の第二金曜日から土曜日にかけてで、今年は五月十三日から十四日に行われる。綾峰高校から市郊外の綾峰展望台までの四十キロ近くを踏破する、一大イベントだ。

もとは生徒たちの体力増強のために始められた全校行事だったらしいが、現在では参加するのは新一年生のみだ。新入生たちが仲間と苦労を共にすることによって絆《きずな》を結び、生涯の友を得られるようにという願いのこもった親睦《しんぼく》行事、なのだそうだ。

「おおまかな流れとしては、十三日の朝七時に学校を出発。休憩と昼食をはさみつつ、夕方四時頃には綾峰山中腹にある『綾峰青少年の家』に到着するのが目標です。その後に夕食、入浴、睡眠をとって、朝四時三十分に再び出発。山頂の綾峰展望台でゴールとなります。そのあとは青少年の家に戻って朝食、帰りはバス」

視聴覚室に集められた各クラスの学級委員たちは、一年C組の担任でもある矢地《やち》から説明を受けた。今年は彼女が青嵐強歩の担当教員なのだという。

「当日の休憩所の手配や、協力してくださるOB、OGへのご挨拶《あいさつ》、その他もろもろの準備は生徒会執行部が担当してくれます。学級委員のみなさんは当日の流れを覚えておいて、休憩と再開のスムーズな切り替えのための呼びかけ、あとは体調不良の人が出た場合の連絡、そういうことをお願いすることになります。細かいことは配布するしおりで確認してください。ここまでで質問はありますか？」

手を挙げる生徒はいなかった。「はい、けっこうです」と矢地が手をパンと叩いたのを合図に、会合は終了した。

「荒谷《あらや》くん、一緒に教室戻らない？」

筆記用具をまとめていると、隣の席に座っていた彩香《あやか》に声をかけられた。ふわっとした髪を長くのばし、涙袋が目立つアーモンド形の目をした彼女を見ていると、伊澄《いずみ》はマシュマロとかマカロンなんかが思い浮かぶ。

「青嵐強歩、あと三週間ちょっとかあ。私、四十キロなんて歩いたことないよ。帰りはバスでよかったよね。昔は往復徒歩だったんだって」

「昔の生徒だったら俺死んでたな」

「荒谷くんは大丈夫じゃない？　足速いし」

「いや、瞬発力と持久力は別物だから。俺、根性ないし」

「あは、自分で言っちゃうんだ。そういえば謙信《けんしん》くんが『伊澄は省エネ機種』って言ってた」

「ああ、武井《たけい》さんもバスケ部だっけ？」

「そうだよ。実はちょっとうまいよ」

何だかんだで男子の中では一番よくつるんでいる謙信は、中学から引き続きバスケ部に入部した。この前、昼休みに弁当を食べている時に「そういや武井さんもバスケ部なんだけどさ、うまいわマジで」と話していた。やけに弾んだ声で。

伊澄はどちらかというと聞き役のほうが得意なのだが、彩香は話し上手で、教室に向かって歩く間も会話がとぎれなかった。彩香は相槌《あいづち》のリズムがよく、しょっちゅう明るい笑い声をあげる。窓から吹き込む風にさらさらの長い髪がなびくと、シャンプーの匂いがふわっと散る。同じ女子でもずいぶん違うんだなと、シルクとか粉砂糖とかでできているような横顔をながめて思った。

六花《りっか》も人当たりがいいのは同じだが、幼少時からミュージカルスターを目指して自分を鍛えてきたというだけあって、滑舌のよすぎる話し方はどこか芝居じみているし、笑顔にも高校一年女子らしからぬ妙な風格があるのだ。高校生の中に舞台女優がひとりだけまぎれ込んでいるみたいに。思い出し笑いをしたところで、ふと我に返った。

どうして六花が出てくるんだ？

「伊澄、なんか武井さんといい雰囲気じゃね？」

教室のドアの前で彩香と手を振り合って、窓際最前列の自分の席に戻るなり、謙信が低い声をかけてきた。今日は全校で委員会が開かれる日なので、普段ならもう部活に出かけたり下校したりしているはずの生徒が教室にかなり残っている。伊澄は後ろの席をふり返り、目を据《す》わらせている謙信に顔をしかめた。

「何が言いたいのかよくわかんない言い方されるの嫌いなんだよ。はっきり言え」

「だから……もしかしておまえと武井さん、お互い憎からず思ってたりするの？」

謙信は歴史好きの祖父（「上杉《うえすぎ》に生まれたからには謙信であれ！」と孫を名付けた人物だ）に小さな頃から大河ドラマを見せられて育ったそうで、その影響か、おしゃれな前髪とはギャップのある古風な言葉遣いをすることがある。

「お互い憎からず思ってはいない」

「ほんと？　すごい仲良さそうにしゃべりながら帰ってきたじゃん」

「委員会が同じだったら一緒に帰ってくるのは普通だし、その間話すのも普通だろ。俺、武井さんとは今日初めてまともにしゃべったくらいだし」

謙信は「えー？」とまだ疑わしそうで、面倒くさくなった。

「だったらおまえも武井さんと仲良くしゃべってくればいいだろ。得意じゃん、そういうの」

「得意じゃありません！　俺がいつでも誰とでも平気でペラペラしゃべれる無神経男みたいに言うなよな」

明るくて若干《じゃっかん》チャラい謙信らしからぬ、本気の反応にびっくりした。

「無神経なんて思ってない。ごめん」

「おまえのそのクールと見せかけて実は素直なとこがいいのか？　ギャップは大事だもんな。もともと俊足野郎はモテるって決まってるし、そうだおまえ、がっついた感じがないのも好感度が」

「落ち着け。好きなのはよくわかったから」

謙信は口をつぐむと、じわじわ赤面した。純情な反応にこっちまでこそばゆくなった。

「……や、俺だけじゃないじゃん。好きなやついっぱいいるって。やさしいし、明るいし、部活もめっちゃがんばってるし、後片付けもいつも自分からやるし、いつも挨拶してくれるし、そばに行くとめちゃくちゃいい匂いするし」

「へー」

「反応うっす！　おまえほんとに武井さんとあんな近くでしゃべってて何も思わんの？　ほん

とのほんとに？　信じらんねえ……なら伊澄、気になってる子いないの？」

気になってる子、と思った時、教室のざわめきの中でも不思議とよく通る声が聞こえた。

「それほんと？　すごすぎるよ、さくらの妹さん」

「本当なの、いまだかつて一度もジャンケンで負けたことがなくて、だからご近所では『不敗の少女』ってちょっとだけ有名で、受験生の人がサインもらいに来たり……」

「すごい、私も欲しい、不敗の少女のサイン」

教室の後ろ側のドアから入ってきた六花と力石《りきいし》さくらは、楽しそうにおしゃべりしていた。

二人のほのぼのとした空気から伊澄は今日も「世界平和」を連想した。さくらといる時の六花は、伊澄と話す時よりも少しリラックスしている気がする。あんなに声出して笑うんだな、と思っていたら、謙信がまじまじとこっちを見つめていることに気がついた。

「何だよ」

「や？　別に？　ただ、おまえもそんな顔するんだ、へえー、みたいな」

「意味わかんね。俺帰るから」

意味深に笑う謙信をにらみつけて、リュックを肩にかけながら立ち上がった。何だ、そんな顔とか、へえーとか。へえー、がとくにイラッときて早足で廊下を突き進むと、ちょうど後ろ側のドアから出てきた六花とぶつかりそうになって、どちらも急停止した。

「危ないじゃない、そんなにズンズン来たら。荒谷くん、ただでさえ足速いんだからちゃんと前後左右確認して」

「……すみません」

「因縁《いんねん》の組と抗争中の若頭みたいな顔してたよ、何か嫌なことあったの？」

「何もないけど、なんで抗争中の若頭とかいう喩《たと》えがサラッと出てくんの？」

「死んだおばあちゃんが岩下志麻《いわしたしま》の大ファンで『極道の妻《おんな》たち』よく一緒に観《み》てたんだ」

話しながら自然と二人並んで歩いていた。六花の車いすを進めるスピードは伊澄の歩調よりもやや遅いのだが、やわらかい雨音みたいな車輪の音に合わせて、心もちゆっくりと歩いた。にぎやかな廊下を突き当たりまで進むと、そこに去年設置されたばかりだという真新しいエレベーターがある。

「乗ってく？　って言いたいけど、そういうのはだめって言われてるから」

「わかってる。それに俺、エレベーターより速いから」

「ほう？　じゃあやってみましょうか？　靴《くつ》箱のところに集合ね」

負けず嫌いの車いすユーザーはすばやく閉扉《へいひ》ボタンを押した。エレベーターの扉が閉まると同時に伊澄も早足で階段に向かって、ひょいひょいと一段飛ばしで一階までいっきに下りた。昇降口の靴箱が並んだスペースに行ってみれば、予想通り六花の姿はまだない。エレベーターは昇降口から離れているので、そもそも彼女に不利な勝負なのだ。それでもあえて「靴箱のところ」と挑んできたのが六花らしかった。

伊澄は人の邪魔にならないよう靴箱の端のところに立って、スマホのニュースアプリを開いた。気候変動や物価高、燃料高騰《こうとう》、遠くの国で起きている軍事侵攻の続報、少子高齢化問題と、見出しを流し見しただけで未来についてちょっと憂鬱《ゆううつ》になった。ため息をつきながらアプリを閉じようとしたところで、新しい通知が入った。

それは、とある映画の宣伝記事だった。

「ねえ、もしかして走ったんじゃないの？　こっちは速度を変えられないんだから、それはずるいと思いますけど」

水色の車いすを走らせてきた六花は例の切れのある台詞《せりふ》まわしで文句をつけてきたが、あまり聞いていなかった伊澄はスマホの液晶画面を彼女に向けた。

「このミュージカルの映画、今週公開らしいよ」

アメリカで制作されたその映画は、実在したミュージカルスターを主人公にしたものだという。『心震える感動』『極上のエンターテインメント』という、いかにも観てみたくなる文句が紹介記事に並んでいる。

六花はミュージカル俳優を夢見ていたくらいだから興味を示すのではないかと思ったのだが、

反応は予想をはるかに超えていた。

「これっ！　そう、そうなの！　先にアメリカで公開されたんだけど評判がもうすごくって、もう絶対観たくって！」

突っこんでくるような勢いに伊澄はたじろいだ。笑顔の六花は、比喩《ひゆ》ではなく本当に目がかがやいていて、恋でもしているみたいに頰《ほお》が赤らんでいた。

「ネットで予告を観たんだけどね、歌がいいの、もうとにかく全部の歌がすごいの。歌ってる俳優さんたちもほんとすばらしくて、早く映画館で聴きたいって、思うんだけど……」

はしゃいだ勢いが尻すぼみになり、言葉の終わりはため息になった。

「ただ、仙台《せんだい》まで行くって考えると、ちょっとね」

「ああ……」

ほどほどに便利な綾峰市だが、温泉と映画館と税務署はないのだ。その三つに用がある場合、大抵は隣の仙台市まで遠征することになる。

「移動とか確かに大変だよな」

「それもあるんだけど、映画館って人がたくさんいるでしょ？　人ごみの中を車いすで移動するのってかなりエネルギーが要るし、私は土日しか行けないから、一番混雑する時に行くことになるんだよね。車いす生活になってから一回だけ映画館に行ったけど、想像の十倍大変で、ひとりだとちょっと踏ん切りが」

「なら一緒に行く？」

何も考えず、するっと口から出ていた。

六花が目をまんまるくするのを見てから、やっと自分が何を言ったか理解した。いや、しかし、自分も彼女の話を聞いて映画に興味を持ったので。映画を観たいという人間がここにそろっているから「一緒に行く？」と言っただけなので。決して特別な意味や思惑があるわけではないので。誰に対してなのか自分でもわからない弁明を頭の中でくり返していると、

「いいのっ？　すごくうれしい！」

六花が声を弾ませた。すごくまぶしい、極上の笑顔で。

うれしい？　うれしいのか。そんなにも喜ぶのか。予想外の反応にかなり動揺していると、六花はすばらしい笑顔で続けた。

「さくらにも声かけてみるね！」

「え」

「さくらも合唱部だから、きっとこういう映画好きじゃないかと思うんだ。荒谷くんは誰か誘う？」

「え。……謙信、とか？」

「あ、確かに上杉くんって映画好きだもんね。上杉くん、小さい頃からおじいさんと大河ドラマ観てきた影響で、将来は映像関係の仕事に就きたいんだって。聞いてみて、早く」

意思が強く、度胸があり、はっきりと意見は言うが基本的には落ち着いた態度でいる六花は、ともすると周囲の少年少女よりも大人びて見えがちだ。だけど今の彼女は遠足の前日の小学生みたいに大はしゃぎで、くしゃくしゃの笑顔は今まで見たこともないほど幼い。

とても「二人で」とは言い出せなくて、伊澄はのろのろと謙信にメッセージを送った。


帰宅すると、町子《まちこ》さんがいつものギャルファッションに身をつつんでキッチンに立っていた。磯っぽい匂いと、つんと鼻を刺激するスパイスの香りが漂ってくる。

「おかえり、伊澄くん。今日の夕飯はパエリアにしたの。どうしてパエリアかって？　それは私の十年来の推し、スペイン人俳優のロドリーゴが、幼なじみの女性と電撃結婚したのよ……。いえ、いいの、ロドリーゴが幸せなら私もうれしい。彼のためにスペイン遠征も何度もしてきた。彼の幸せが私の幸せよ。でも、でもね、少しだけさびしくて、今日は彼へのアモールをこめてスペイン料理にしてみました……ムール貝は高いから、アサリで代用したわ」

いつもなら町子さんのこの手の話には「そうですか」と無難に返事をしておくのだが、常にパワフルな彼女らしからぬ弱々しい笑顔に今日は妙に共鳴するものがあって、伊澄は口をすべらせてしまった。愚《おろ》かにも。

「一緒に出かけようって誘った人が、すぐに別の友達も誘おうとするのは、二人で行くのが嫌だからなんですか」

洗った調理器具を布巾《ふきん》で拭いていた町子さんが手を止めた。鋭い動きでふり向いた彼女はもはや傷心のギャルではなく、スキャンダルと恋バナの狩人《かりうど》の顔をしていた。あ、間違えた、と伊澄は自分の愚行を悟った。

「やっぱ何でもないです。俺、部屋に――」

「伊澄くん、今日はパエリアじゃなかったわね⁉ お赤飯を炊《た》くべきだったわね⁉ 私としたことが不甲斐《ふがい》ないわ、待ってて、今すぐもち米と小豆《あずき》を買ってくるから！ そして蒸《ふ》かしてる間にじっくり聞きましょうね、伊澄くんの初恋のトキメキと身もだえを！」

「初恋じゃないしトキメキも身もだえもないんで！」

「ただいまー、お腹《なか》すいたわー。あら、町子ちゃんと伊澄、プロレスごっこ？」

間が悪すぎることに母まで帰宅してきて、その後は地獄《じごく》だった。「もしもし？ お母さん、今日遅くなるからおばあちゃんとご飯食べてね！」と町子さんは中学二年の娘に連絡を入れて残業の段取りをつけ、母親は「町子ちゃん、飲んじゃう？ 息子という肴《さかな》を食うには酒がないとね」とお高いワインを景気よく開けた。好奇心まる出しの二人に「で、誰なのよ？」「どんな子なの？」と根掘り葉掘り訊《き》かれ、こんなだめな大人たちには絶対に屈しないと伊澄は無言でパエリアを食べたが、アルコールも入った三十五歳のギャルと四十歳の元ヤンキーはヒートアップしていく一方だ。伊澄は厳しい取り調べに疲弊《ひへい》していく容疑者の気持ちを理解し、そして自供に至る心理まで理解した。

「へー、今の綾峰高校ってエレベーターあるんだ。私がいた頃にはなかったなあ。多目的トイレはあったけど。こんなプチ田舎でもバリアフリーってちゃんと進んでるのね」

「バリアフリー法っていうのがあって、公立学校も対象なのよ。まあ確かあれは小中学校までだけど、学校って教育施設であると同時に、もしもの時の避難場所になったりする地域施設の顔も持ってるでしょ？　だからハード面の整備やバリアフリー化が推進されてるのよね」

「……詳しいんだな。意外」

「おやおや息子よ、母の職業を忘れたのかね？　私はひと様のスペースの貸し借りを仲介して報酬《ほうしゅう》をもらってるのよ。色んな顧客がいるし、色んな要望がある。ちゃんと勉強してなきゃそれに対応できないし、利用してよかったってお客様に満足してもらえる仕事はできない」

母のそういうプロ意識を見たのは初めてで、伊澄は感心しかけたが、「さて」とおごそかにテーブルに手を組んだ母の次の発言ですべてぶち壊された。

「そろそろ本題に入るけどね。息子よ、君のためにもはっきり言おう。君の誘いに対して別の友達を誘うと言ったその彼女は、残念ながら、君のことが眼中にないと思われる」

「異議あり！　そう判断するのはまだ早いと思います。彼女も伊澄くんのこと『悪くないな』って思ってるけど、すぐに応じるとアドバンテージ取れないから、ちょっと焦《じ》らす作戦ってことも考えられるのでは？」

「そぉんな面倒くさいことするぅ？　単に二人きりは気まずいから友達呼ぶんじゃないの？あ、でも嫌ならそもそも一緒に行かないか……ってことは脈はあり？」

「んん〜、それはまだ判断保留かな。伊澄くんのことは好きってほどじゃないけど、嫌いでもないから、とりあえずキープしてるっていう線も」

「キープ！　あるわね！」

　これ以上この場にいたら人間を信じられなくなりそうだ。伊澄は味わう余裕もなかったパエリアの皿を持って席を立とうとしたが、すぐさま母と町子さんに引っ張り戻された。

「放せよ、もういいからほんと」

「ごめんごめん、伊澄くん。面白がって色々言っちゃったけど、単にその子、映画を観に行くのがうれしい、このうれしいをみんなとも分け合いたい、っていう気持ちでお友達も誘ってみるって言っただけなんじゃない？　伊澄くんが眼中にあるとかないとか以前に、もう、頭の中が映画一色なんじゃないかな？」

「そうそう、陸上やってた頃のあんたみたいにね。それと息子よ、話を聞いた限りじゃしっかりしたお嬢さんみたいだから本人がちゃんと心得てるとは思うけど、映画館の車いす用シートの予約とかもあるんだから、早めにスケジュール組んで手配しやすくしてあげなさいよ」

伊澄は腰を浮かせたまま、まばたきした。

「車いす用のシートとか、あるのか」

「そっか、映画館の座席って固定されてるもんね。お店の椅子《いす》みたいに片付けて代わりに車いす入れて、とかできないんだ」

「前もって連絡しておけば映画館のスタッフが介助して、座席に座るのを手伝ってくれるところもあるみたいだけどね。それだって客が少ない時じゃないと難しいと思うわ。あんたたちが出かけるのって土日でしょ？　相当混雑するだろうし、映画の公開直後だったらなおさらよ。車いすユーザーの負担にならないよう、早め早めに動くことをお勧めするわ」

プレゼンのような説得力ある口調で言い、母はすましてワインを飲む。散々晩酌《ばんしゃく》の肴にされた手前、何か言ってやりたい気もしたが、結局伊澄は無言で自分の部屋に戻った。

だめな大人のくせに、手ごわいのだ。

「そう。だから私、みんなとは離れた席に座ることになるね」

翌朝、自宅の最寄り駅から電車に乗りこんだ伊澄は、いつもの四両目から一両目に移動した。車両の奥に設《しつら》えられた車いす用スペースに水色の車いすを停めていた六花と、映画館でのことを話した。

「でも、車いす用シートのことなんてよく知ってたね」

「いや、知らなかった。親から聞いた。早めに予約したほうがいいんだよな？」

「早いほうがいいのは確かだけど、私たちが行く映画館はオンラインで席の予約ができるから簡単だよ。うちの父が映画館の会員でチケットも少しだけ安く買えるから、行く人が決まったらみんなの分も手配するね。さくらは一緒に行きたいって。上杉くんは？」

「あー……行きたいとは言ってる。あのさ、渡辺《わたなべ》さんって、武井さんと仲いい？」

「武井さん？　それなりに話すけど、どうして？」

どうしてかといえば『映画いいね！』と謙信が返信してきた昨日の夜にさかのぼる。

『でも女子二人、男子二人ってダブルデートみたいじゃね？』『おれ、力石さんって全然しゃべったことないわ』とメッセージを重ねた謙信が、次にこう書いてきたのだ。

『武井さんも来たらうれしいなー、なんて』

謙信はこうやってするっと人を使うところがある。『ならおまえが誘えよ』と送ったら『それができたら苦労しない！』と返ってきた。威張るな。

「なるほどね。それなら武井さんに声かけてみるけど、荒谷くんも誰かもうひとり誘ったら？　那須《なす》くんとか」

「……なんであいつ？」

「だって五人って人数的に微妙じゃない？　上杉くんと武井さんがしゃべって、私とさくらがしゃべってる時、荒谷くんひとりになっちゃうでしょ？　だからもう一人いたらいいんじゃないかなって」

六花の中では「謙信・彩香」「自分・さくら」というペアができているらしかった。いや、いいのだが。謙信の気持ちも知っているし、六花とさくらの仲の良さも知っているから別に全然いいのだが。この、そこはかとなくやり切れない気持ちは何なんだろうか。

「やあ、渡辺さんおはよう……って少年！　今日は電車の中でも一緒だったの！」

電車が綾峰駅に到着すると、おなじみの長谷川《はせがわ》さんがスロープを用意して待っていた。つぶらな目をかがやかせる長谷川さんが、何かを誤解していることは明らかだ。

「いいねえ、青春だねえ。甘酸《あまず》っぱいねえ」

「長谷川さんってば、何言ってるんですか。用事があったから話してただけで、長谷川さんが考えてるようなことは一ミリもないし、明日からはまた別々の車両になりますよ」

すばらしい滑舌と妙な圧のある笑顔で六花は断言した。いや確かに、用事があるから話していただけなのだが。次にはもう用事はないからまた別々の車両に戻るのは確かなのだが。再びなんだかやり切れない気持ちに襲われて、伊澄は無言になった。

六花は「ありがとうございました。帰りもよろしくお願いします」と笑顔で長谷川さんに挨拶すると、水色の車いすをなめらかに走らせてエレベーターに向かう。伊澄もそれに続こうとしたら肩をぽんと叩かれた。ふり返れば、菩薩《ぼさつ》のような笑みをたたえた長谷川さんだ。

「少年、落ちこんじゃいけないよ。殴られても殴られても立ち上がる不屈のボクサーみたいにがんばっていれば、いつかきっとチャンスは来る。そうやって世界一素敵な奥さんを射止めたわたくし長谷川が言うのだから間違いはない」

「別にそんなんじゃ」

「けっぱれ少年!」

どうして世の中には人の話を聞かない大人が多いんだ。

映画を観に行くのは土曜日に決まり、仙台駅に朝十時集合ということになった。

土曜日の朝、伊澄はいつも通りの時間に起きて、軽く走り込みをして朝食をとったあと、綾峰駅から仙台方面の路線に乗り換えた。仙台駅には約束の時間の三十分前に到着する予定だ。あらかじめスマホで調べておいたが、この路線の電車は奇数車両に車いす用スペースが設けられているらしい。最後尾の四両目から移動していくと、一両目の奥にあるスペースに水色の車いすが停められていた。

ショートヘアの少女は文庫本を読んでいる。深いブルーのブラウスにチェック柄のロングスカート。私服の姿を見たのは初めてで、一瞬どきっとした。

「何読んでるの？」

ぱっと顔を上げた六花は、「おはよう」と挨拶してから、本の背表紙をこちらに向けた。

「ミュージカルの原作小説なの。『蜘蛛女《くもおんな》のキス』っていう」

「ホラー？」

「違うよ。恋愛小説、とはまた少し違うんだけど、刑務所で同じ部屋に入ってるバレンティンっていう革命家と、モリーナっていう……同性を愛するんだけど、仕草や言葉遣いは女性的な男の人の話で」

「トランスジェンダー？」

「そういう解釈も多いんだけど、性自認ってとても微妙なものだし、グラデーションもあるから……とにかくモリーナはモリーナなの。すごく可愛《かわい》くって、ずーっとバレンティンに自分が観た映画の話をしてるの。本当はモリーナは刑務所の所長からバレンティンの情報を探り出せって命令されてたり、バレンティンのほうも献身的なモリーナを利用したりするんだけど、だんだん二人の心が通い合っていって」

「最後にモリーナが蜘蛛になって襲ってくるのか？」

「襲ってこないよ、ホラーじゃないって言ったでしょ」

そんな話をしている間にどんどん増えてきた乗客は、仙台駅に着いた途端、いっせいに開いたドアに向かう。六花はすぐには動かず、乗客の降車が終わるのを待っているので、伊澄も同じようにした。この路線の電車はユニバーサルデザインになっており、電車のステップとホームに段差がないのでスロープがなくても車いすで乗降ができる。ホームに降りた六花は、しみじみとした口調で言った。

「やっぱりいいな、誰かに手伝ってもらわなくても自分で動けるって」

「そういうもん？」

「うん。長谷川さんにも、毎朝悪いなって気持ちになるもん。スロープ重そうだし」

「けど長谷川さんは全然気にしてなくね？　それも仕事なんだし」

「そうだとしても私は気になるの。どうしても。私はそう思うという事実をひとまず受け止めていただけます？」

「すみません」

土曜日の仙台駅は、綾峰駅の朝夕のラッシュも鼻で笑うような混雑ぶりだった。改札に向かうエレベーターも誰かが使用中で、乗りこむまでに時間がかかった。それでもだいぶ余裕をもって到着したから時間的には問題ない。待ち合わせ場所のステンドグラス前（伊達政宗《だてまさむね》と七夕《たなばた》飾りがあざやかな色ガラスで描かれている）に到着すると、まだ誰も来ていなかった。

「荒谷くん、お願いがあるんだけど」

誰かから連絡が入っていないか確認しようとチノパンのポケットからスマホをとり出したところで、六花に「お願い」なんて言われて驚いた。人といる時にスマホをいじるやつには殺意を覚えると以前に言われたことをはっと思い出して、スマホをポケットに戻した。

「違うよ、スマホじゃなくて」

「じゃあ何？」

「さくらが一人だけ黙っちゃってる時があったら、荒谷くん、話しかけてあげてくれる？　私、何をするにもみんなより時間がかかるから、そういうことがあると思うんだ。さくらは自分から会話に入っていくのが少し苦手だから」

わりと遠慮のない物言いをする反面、こんな風に友達を気にかけるところもあるのだ。気持ちのいい風に吹かれたような気分になった。「わかった」と頷くと「ありがと」と六花はほっとしたように笑った。

それから六花は、ゆっくりと深く息を吐いた。心なしか表情が硬い気がして「疲れた？」と訊くと「ううん、ちょっと緊張して」と返ってきた。きょとんとしてしまった。

「緊張ってなんで？」

「楽しみすぎると緊張しない？　ずっと待ってた舞台がいよいよ始まる時とか」

伊澄はしばらく考えこんだ。

「記録会で自分の出番が近づいてくるとすげー燃えるとかはあるけど。とくに決勝」

「ちょくちょく思ってたけど、荒谷くん、肝《きも》が太いよね」

太い？　そんなことはない、繊細な悩み多き高校生だ、と文句を言おうとした時、六花が笑った。少しはにかみながら。

「とにかく、今日は本当にうれしいの。ありがとう、チャンスくれて」

大げさかもしれない。でも、この時思ったのだ。

ありがとうという声も、この笑顔も、たぶん何年経《た》ってもずっと覚えているんだろうと。


その後、待ち合わせ場所には最初に力石さくらが到着し、次に彩香と清彦《きよひこ》と謙信が同じ電車に乗り合わせたそうで三人一緒にやってきた。

目的の作品が上映されるのは駅前のショッピングモールにあるシネマコンプレックスだ。ペデストリアンデッキを渡り、ビルに入ってエレベーターで六階へ。やはり土曜日なだけあってかなり混雑しており、最初に着いたエレベーターには先に女子三人に乗ってもらった。男子三人は次のエレベーターを待つ間に「階段で行ったほうが早いんじゃね？」と謙信が言い出したので六階まで階段で上ったが、映画を観る前からへとへとになったし、絶対にエレベーターを待ったほうが早かった。

「うそ、みんな階段で来たの？　あはは、元気だね。これ、チケット。席はみんなで決めて、お金は六花ちゃんにね」

やわらかいカーペットが敷かれたロビーに到着すると、上映作品のチラシの展示スペース前で六花、さくら、彩香が待っていた。チケットをさし出す彩香はすらりとした長身が映えるワンピースにショートブーツという服装で、謙信は締まりのない笑顔で「ありがと、武井さん」と男子の分のチケットをまとめて受けとった。

「ちなみに武井さん、席どこ？」

「私はＨ８」

「あー、あのへん俺的にも一番ちょうどいいな」

謙信はすばやく「Ｈ９」のチケットを抜き、残りの二枚を伊澄に押しつけた。清々《すがすが》しいほど自分の気持ちに忠実だ。残ったチケットは「Ｈ10」と「Ｈ11」で、これはもうどっちがどっちでもほとんど変わらないので「こっちでいい？」と伊澄は清彦に「Ｈ11」を渡した。「Ｈ10」

だとこんな調子で彩香にアピールする謙信がうるさいのではないかという一応の配慮だ。清彦は「あ、ありがとう」と小さい声で言いながら受けとった。

「みんな何か食べる？」

「私、今日は気合い入れて観たい作品だから飲み物だけ。さくらは？」

「あ、わたし、キャラメルポップコーン……」

「俺は絶対バター醬油《しょうゆ》だね。武井さんは？」

などと話しながら女子三人組と、女子の輪に入ることを一切躊躇《ちゅうちょ》しない謙信は、軽食の販売カウンターにくり出していった。伊澄はもともと映画鑑賞の時には何も食べない派なので残ったが、清彦はいいんだろうか？　隣に立っている童顔のクラスメイトに「あのさ」と声をかけようとした時、

「荒谷くん、ありがとう！」

不意打ちで声を張り上げられたので、目が点になった。パーカーを着た清彦は制服の時よりもますます童顔が際立っていたが、表情は真剣そのものだ。

「言うのが遅くなっちゃったけど、月曜日の体育の時、助けてくれてありがとう」

一瞬何のことかわからなかったが、あれか、と思い出した。五十メートルと百メートルのタイムを計った体育の授業で、田所《たどころ》と一悶着《ひともんちゃく》起こしたやつだ。

「あれは俺が勝手にやっただけで別に助けようとか思ったわけじゃねえから」

「でもおれはうれしかったし、やっぱり荒谷くん、すごく速くて胸が熱くなった。故障とか受験とかでブランクあるからベストタイムには及ばないと思うけど、フォームがきれいで見とれてたらもう次には終わってて、すごかったよ。もっと走る姿が見たいって思ったよ」

とまどった。前もって打ち合わせしたはずの相手が、本番になったら全然違う意見を出してきたみたいに。

「けどおまえ、がっかりしたって顔で俺のこと見てなかった？」

「え？　がっかりって、おれが荒谷くんに!?　どうして」

「いや、どうしてって訊かれても」

「がっかりなんて、そんな。ただ、走り終わったあとに荒谷くんがつらそうな顔してるから、なんかおれまでつらくなったのは確かだけど」

――そんな顔をしていたのか、俺は。

「それと、ごめん。陸上部に荒谷くんと同じ中学出身の先輩がいるんだけど、おれ、その先輩から聞いちゃったんだ、荒谷くんの故障の原因」

最高気温が体温にも届くほど暑かった、真夏の記録会の情景が、白昼夢みたいによみがえってきた。

「先輩って？」

「藤沼《ふじぬま》さん。ハードルの」

「ああ……」

伊澄が二年生の時に部長をしていた彼女のことはよく覚えている。わりとアクの強い部員ぞろいだった陸上部を引っ張るきびきびとした人で、伊澄も世話になった。あの記録会の時には彼女は卒業していたが、ほかのOB、OGと一緒に応援に来てくれていた。

「荒谷くんが陸上部に入りたくないのって、やっぱり、速水《はやみ》くんのことがあるから？」

伊澄は無言を返した。意地悪ではなく、どう答えたらいいのかわからなかった。

清彦は目を伏せて、ごめんね、と小さな声で言った。

「おれ、何も知らなくて、うるさく陸上部に誘ったりして、困らせてたと思う。中学の時の話を聞いてから、荒谷くんが怒っても当然だったなって思った」

「……いや、別に」

「あのさ、速水くんの話、しても大丈夫かな？」

速水の話と言われて、ひるむものはあったが、聞くべきだと思ったから頷いた。

「藤沼さん、今も速水くんとやり取りしてるそうなんだ。速水くん、短距離から中長距離に転向したんだって。とくに八百メートルはかなりいいタイム出してるらしいよ」

清彦の言葉の意味を理解するまでに、十秒はかかった。

「あいつ、陸上続けてるの？」

「うん。速水くんのいる高校、選手層厚いから高校総体は微妙かもしれないけど、きっと新人戦には出てくるんじゃないかな」

最初に浮かんだのは、額が膝につくほど深く頭を下げた速水の姿だった。次に、階段から落下する時の映像と、いっぱいに目を見開いてこっちに手を伸ばす速水の姿。どんどん記憶は逆再生されていく。いつの間にかすれ違っていた中三の頃。火花を散らすみたいに競い合っていた中二の頃。信じられないくらい気の合う仲間と会って、走ることが楽しくてたまらなかった中一の頃。洪水みたいに押し寄せた記憶が流れ去っていったあとには、ひとつの言葉だけが残っていた。

「よかった」

それだけだった。ただそれだけ、嚙《か》みしめるように思った。

あいつが、また走っていてくれて、本当によかった。

「うん、よかった」

まるで伊澄がそう口にしたことに腹の底から安心したというみたいに、清彦はやっといつもの屈託ない笑顔を見せた。

「でね、これは藤沼さんが速水くんから口止めされてるから、おれもしゃべっちゃだめだって藤沼さんから口止めされたんだけど」

「ややこしいな。てか口止めされたこと話すなよ」

「速水くん、藤沼さんとやり取りする時、いつも荒谷くんのこと聞いてくるんだって。荒谷くんは陸上部に入らないのか、また走らないのかって」

さっきから思いもしないことの連続で、頭は追いついても、心が追いつかなかった。

速水も自分のことを気にしていた？　もうあいつは走らないんだろうかとこっちが彼のことを考えていたように、彼もまた、同じことを自分に対して思っていた？

ほとんど息に近い笑みがこぼれた。それはくすぐったくて、でも痛くもあって、うれしいとか楽しいとかいう気持ちにはおさめ切れない、自分でも名前のわからない気持ちだった。

「荒谷くん。しつこいのわかってるけど、陸上部、入らない？」

「ん……気持ちはありがたいけど、いい」

「やっぱり速水くんのこと気にしてるの？　でも速水くんも」

「あいつのことも、あるんだけど。あいつがまた走ってて、俺の心配までしてくれてて、それでもやっぱり顔合わせるのは気まずいっていうのもあるんだけど、それだけじゃなく、俺が、走るってことがよくわかんなくなってて。陸上部に入って、走ったら楽しいのかもしれない。

でもたぶんもう、あの頃の新記録出してやるって気持ちでは走れない。それに俺、走ることにかまけすぎて、そのほかのことがどんなに雑だったか、速水のことでわかったんだ。だから、もうちょっとマシな人間になるように修行しようと思ってて」

うまく言葉にできていない自覚はあったし、伝わるかどうかわからなかったが、清彦はしばらく沈黙すると、神妙な面持《おもも》ちで頷いた。

「そっか。わかった」

「うん」

「じゃあ、一カ月くらい経ったらまた誘うね」

「いやしつこいな、おまえ」

あきれると、清彦は自慢げに笑った。

「だって粘り強いのが取り柄の長距離ランナーだもん」

上映十五分前になると入場開始のアナウンスが入った。あちらこちらに散らばっていた客が集まってきて、チケットを確認するスタッフの前に列を作る。さすがは海外ですでに高評価されている人気作なだけあって、行列はあっという間に長くなった。

「私、後ろのほうに並ぶから、みんなは先に入ってて」

六花は車いす用シートを利用するので席は別々になる、ということはあらかじめメンバー全員に知らせてある。「うん、六花ちゃんまたあとでね」「じゃあね渡辺さん」と彩香と謙信は手を振ったが、六花と一番仲のいいさくらは心配そうな様子で六花のそばを動かなかった。

「六花ちゃん、やっぱりわたし付き添い……」

「そうすると彩香ちゃんが女子ひとりになっちゃうじゃない。さくら、私以外の人のことも考えてあげて。私は平気。ちゃんと訓練してるし、ひとりでも気にならない性格だから」

さあ行って、というように六花は笑ってさくらの手の甲をぽんと叩いた。「うん……」とさくらはまだ心配そうにしながらも彩香に続き、伊澄も清彦と一緒に列に並んだ。後ろにはぞくぞくとほかの客が並んできて、六花の姿はあっという間に見えなくなった。

列が前に進んでいく間も、意識はずっと後ろの人混みのほうに引っ張られていた。これは、無理じゃないか。こんな調子じゃ、落ち着いて映画なんか観られないんじゃないか。伊澄はため息をつき、すぐ前に並ぶやつの肩を叩いた。

「清彦」

ふり向いた清彦は、目をまんまるくしていた。いきなり名前呼びしたからか。でも謙信のことも最近は名前で呼んでいるから、もうこれでいいやと思った。

「力石さんがひとりで退屈そうにしてたら、話しかけてやってくれる？」

「え？　うん、わかったけど……？」

語尾が半分疑問形ではあったが頷いてもらえたので、伊澄は早足でサービスカウンターに向かった。スタッフにチケットを提示して交渉してみると、難なく話はまとまった。

サービスカウンターから入場待ちの列の最後尾に向かう。水色の車いすはすぐに見つかり、伊澄に気づいた六花は目を大きくした。

「え、どうしたの？　前のほうで並んでたんじゃ」

「隣の席、空いてるみたいだったから替えてもらった」

車いす用シート利用者の付添い人用に設けてある席らしい。再発行されたチケットを見せると、六花は眉を吊り上げた。

「気を遣ってくれてるなら、そういうのいらないから。私、自分のことは大抵自分でできるし、高校卒業したら留学してミュージカルの勉強するつもりだったから、単独行動もひとりご飯もできるように訓練してきたし、だからひとりで映画観るくらい――」

「わかってる。全部。ただ単に俺が一緒に観たいだけだから」

それが本当だからそのまま言った。迫力の台詞まわしでたたみかけていた六花は、目の前で手を鳴らされた猫みたいな顔になって口をつぐんだ。視線が泳ぎ、唇が意固地な子供みたいにへの字になる。

「……何それ。がんばって真ん中のいい席押さえたのに」

「すみません」

「言っておくけど、私の席は荒谷くんには観づらいかもよ」

「大丈夫」

行列は少しずつではあるが順調に進み、伊澄と六花の番が来た。スタッフにチケットを見せ、スクリーンルームの入り口がいくつも並んだ長い廊下を進んでいく。自分たちを追い越していく客がちらりと六花に視線を送ることが何度かあり、伊澄は横目で六花を気にしたが、六花は誇り高い女王のような顔で水色の車いすを進めていた。

スクリーンルームの前方のドアから入り、やわらかいカーペット敷きの通路を進んだ。車いす用シートは最前列の真ん中で、映画館でこんなに前のほうに座ったことがなかった伊澄は、眼前に迫ってくるスクリーンの巨大さにちょっとたじろいだ。

「見上げなきゃだめじゃん、ここ」

「だから言ったのに」

「車いすでも好きな席選べればいいのにな」

「確かに選べたらすごくうれしいけど、人気のある席をわざわざ車いす用シートにしたら映画館が儲《もう》からないってこともわかるし、何かあった時のために非常口の近くにしてくれてるのもわかるし。しょうがないよ」

「しょうがないかな」

「それを変えたかったら、私が社長になって映画館改革をするべきだよ」

きっぱりと断じるのがいかにも六花らしくて、伊澄は小さく笑った。

照明が落ちてあたりが暗くなった。反対にスクリーンが明るくなって、CMが大音量で流れ始める。それが終わると、近々公開される映画の予告編の上映が始まった。

「……ほんとはね」

その声は、予告編の音声にまぎれそうなほど小さかった。

「ひとりだけみんなと離れて座るの、少しだけ心細かった。だから、ありがとう」

伊澄は口を開きかけたが、きっとそれは言葉で応じる必要はない「ありがとう」だという気がしたから、黙ってスクリーンに目を戻した。数分後、作品の上映が始まった。

華やかなコーラスから始まった映画は、超有名演出家が手がけるミュージカルの主役に抜擢《ばってき》されて一躍スターとなった若き俳優が、スキャンダルからどん底に転落し、しかし夢を追いかける仲間たちに出会って再び舞台に立つことを目指すというストーリー。六花が熱弁していたように、山場ごとに奏でられる音楽と歌がみんなよかった。力強かったり、ちょっと情けなかったり、コミカルだったり、かなしみが深く胸に食いこんできたり。スクリーンの中の人々は本当には存在しない架空の存在だ。それなのにどうしてその声や表情にここまで心を揺さぶられるのかと思うほど、パワーのある映画だった。最初は鑑賞しづらいと思っていた最前列の席も、確かにずっとスクリーンを見上げているのは疲れるものの、没入感は抜群だし、足も伸ばせるし、慣れてくるといい部分もあった。

作中で重要な役割を果たす歌姫が大観衆の前で歌うシーンで、伊澄は思わず隣の席をうかがった。もし病気が彼女を襲わなかったら。病気になったとしても、それが彼女の足の自由を奪うことがなかったら。ステージでまばゆいライトを浴びる歌姫を見て、想像せずにいられなかった。

スクリーンにアップで映し出される歌姫を、六花は一心に見つめていた。後悔とか、悲嘆とか、そういうものは見えない、赤ん坊みたいにひたむきな目で。

希望を歌う声が高らかに響き渡った時、スクリーンの光に照らされた六花の白い頬を、透明なしずくが伝い落ちていった。

その時、嵐のように自分の中に吹いた気持ちを、何と呼べばいいのだろう。

心地いいか苦しいかと訊かれれば苦しくて、体調はいいはずなのに喉《のど》の奥が腫《は》れているようにギュッとする。守りたい、とも違う。大事にしたい、とも違う。そういうきれいな言葉で表すにはもっと自分勝手で、少し気を抜いただけでコントロールを失いそうな危機感がある。それでいて、自分にできることなら何でもしたいと強く強く思う。自分ではそこが感情の海底だと思っていた場所に、実はまださらに奥へともぐっていける深淵があることを知った。混沌《こんとん》としたこの感情はそのすごく深い場所から湧き上がってくる。自分では止めようもなく。

人は、こんな感情の嵐に「恋」や「好き」という名前をつけるんだろうか。


「やー、思ってたよりよかった。若干直球すぎる気がしないでもないストーリーなんだけど、やっぱ何だかんだ言ってもみんなが一生懸命で希望のある話っていいよな」

「思ってたより、とか微妙に上からだよな」

「若干直球すぎる気がしないでもない、とかね」

「でも謙信くん、最後のほう号泣だったよ。隣でずっと鼻グスグスしてたもん」

「おれ、エビフライオムライスにしようかな。力石さん、食べたいの決まった？」

「あっ、ごめんなさい、わたし本当に優柔不断で……！」

映画が終わったあと、最上階のレストラン街で昼食をとった。食べ歩きが趣味で色んな店を知っている町子さんが「あそこのお店は幼児にも高齢者にもやさしいからいいと思うわよ」と教えてくれたオムライス専門店に入ってみたら、スタッフが手早く六花のためにテーブルの椅子を一脚抜いて席を作ってくれた。ふわふわ卵のオムライスもおいしくて、普段はあまりしゃべったことのないメンバーも映画の感想を中心にして話が弾んだ。彩香やさくらと好きな劇中歌を挙げる六花は、例のくしゃくしゃの笑顔で、テーブルをはさんでそれを見ていた伊澄も頬がゆるんだ。

「ミュージカルって面白いんだね。一回だけ中学の芸術鑑賞会で観た時は、良さがよくわからなかったんだけど」

きのこソースがたっぷりかかったオムライスをスプーンで崩しながら彩香が言うと、彼女の真向かいの席に陣取った謙信がすかさず反応した。

「俺も観た！　なんだっけ、猫がいっぱい出てきて歌って踊るやつ」

「『キャッツ』、だと思う」

子猫みたいに小さな声で言ったのは、ケチャップがかかった昔ながらのオムライスを食べていたさくらだ。「あ、それ」と謙信がパチンと指を鳴らした。現実で指を鳴らすやつ初めて見た、と伊澄はポークカレーオムライスを口に運びながら思った。

「中一だっけ？　そっか、武井さんの中学も来てたんだ。伊澄も？」

「観た」

「那須くんと六花ちゃんは、西扇中学《にしおうぎ》だよね。確か西扇も鑑賞会に来てたよね？」

彩香が話を振ると、清彦は「あ、うん……」と煮えきらない返事をしながら、なぜか六花のほうをうかがった。何かを相談するみたいに。六花は微苦笑を浮かべて彩香に答えた。

「清彦くんは観てると思うけど、私はその時いなかったの。ちょうどその頃に病気になったから」

「あ——そっか、ごめん」

「ううん、そんな」

伊澄は、例の劇団の仙台公演の話をした時に六花が「いいなあ」とうらやましがったことを思い出した。あの時は、当時六花が闘病中だったことにまで頭がまわらなかった。

そこで何かが、部室でシューズを履《は》いたらすごく小さな石が入っていた時みたいに何かが引っかかった。何だろう。違和感の正体を確かめようとしたが、答えを見つける前に「一番感動したシーン」の挙げっこが始まって、しゃべっているうちにそれは頭から消えてしまった。

「帰る前に、ちょっと寄り道していい？　うちのお兄ちゃんの友達がオリジナルの服を作る会社をやってるんだけど、そこでクラスTシャツも安く作ってもらえそうなの。青嵐強歩の時、おそろいのTシャツ作るクラスが多いでしょ？　だからカタログとだいたいこのくらいっていう見積もりをもらって、今度のホームルームで話してみたらどうかなって」

彩香が切り出したのは、全員オムライスとセットのデザートまで食べ終え、そろそろ会計をするかという空気が流れた頃だ。伊澄は「ああ」と頷いた。

学級委員の会合で話が出たのだが、五月の青嵐強歩では毎年クラスTシャツを作るのがお決まりになっているらしい。四十キロ近い道のりを完歩するために、クラス全員でおそろいのTシャツを着て士気を高めるわけだ。青嵐強歩で作ったクラスTシャツはその後の体育祭や文化祭、球技大会などのイベントのたびに活躍するので、かなり張り切ってTシャツを製作するクラスが多いという。

「そっか、Tシャツ作るならもう手配しないとまずいもんな。ありがと、武井さん」

「どういたしまして。学級委員ですから」

すっきりと笑った彩香は、申し訳なさそうに眉を八の字にして、伊澄以外のメンバーを見た。

「でも話を聞くのに時間がかかるかもしれないし、そこ本当にただの会社でお店みたいに商品を見たりはできないから、待っててもらうと退屈かも。あと、古いビルだから、エレベーターもないし、段差とかも多いみたいで」

「じゃあ私、やめておくね。下の階で買い物して、そろそろ帰ろうかな」

彩香が言いにくそうに声を落とすと、六花が穏やかに引き取った。え、と声をもらした伊澄の向かいで「じゃあ」とさくらがおずおずと口を開いた。

「わたしも、六花ちゃんと帰ろうかな」

「あ、それならおれ、渡辺さんと力石さんのこと送ってくよ」

さっきまで一体感といえるくらい楽しい空気が流れていた六人が一転、アイスピックを入れた氷みたいにバラけていく。何より六花に物分かりのいいことを言わせてしまったことに胸が重くなって、伊澄は彩香に「あのさ」と声をかけた。

「話聞きに行くの、また今度にしない？　今日はみんなで遊びに来たんだし」

「うん……でも、せっかく仙台に来たし、まだ時間も早いし。あとその会社、本当は土曜日は休みなんだけど、今日だけたまたまお兄ちゃんの友達が出社してて時間とってもらえそうなんだ。だからできれば——」

「伊澄、なんなら俺が代わりに行ってくるけど？」

ものすごい友達思いのやつのような顔をして言い出した謙信を、伊澄は苦々しい気分でにらんだ。

「学級委員は俺なのにおまえを行かせたらおかしいだろ」

「ねえ、ひとまずお会計しない？　お店出てから話そうよ。けっこう長居しちゃったし」

六花が凜《りん》と通る声で提案し、なめらかに水色の車いすをバックさせてリードしたので、ほかのメンバーもぞろぞろと立ち上がってレジに向かった。

会計は六花が最初に終えて、次に伊澄が済ませた。ほかのメンバーが出てくるのを店の外で待っていると、カットソーの裾《すそ》を引っ張られた。

「上杉くんのことはどうにかするから、彩香ちゃんと二人で行っておいでよ」

「は？」

「彩香ちゃんは、荒谷くんと二人で行きたいんだと思う。恥かかせちゃだめだよ」

よくわからなくて三秒間眉をひそめた伊澄は、やっと六花が暗に何を言っているのか理解した。そうなのか？　という動揺が最初にきて、それから、だから彩香と自分を二人で行かせようとする六花へのもどかしさのような苛立《いらだ》ちのようなものが喉の奥に湧いてきた。普段から決して愛想のよくない自分の態度が、輪をかけてぶっきらぼうになるのがわかる。

「けど謙信は、武井さんのこと気にしてるから。それは渡辺さんにも話したじゃん」

「それはわかってるけど、悪いけど私は女子だから、上杉くんか彩香ちゃんかっていわれたら彩香ちゃんを応援するよ。それに上杉くんは映画の間ずっと彩香ちゃんの隣にいられたんだから、いいじゃない、今度は交代ってことで」

「交代とかわけわかんないし、武井さんと二人になっても俺話すことないし」

「話すことなんて何でもいいよ。好きな音楽とか、好きな寿司《すし》ネタとか」

「俺、音楽の趣味偏《かたよ》ってるから人と話合わないし、好きな寿司ネタは毎年変わるから」

「音楽も寿司ネタも例として出しただけだよ、ほんとに何でもいいんだってば。歯を磨く時の順番とか、最近読んで面白かった漫画とか……鈍いなあ、もう」

まるで何もわかっていない子供を相手にしているようにため息をつかれて、カチンときた。

「鈍いってどっちがだよ」

つい声が荒くなり、六花がただでさえ大きい目を見開いた。そのあどけないくらいの驚いた顔が本当に何も伝わっていなかったことを物語っていて、どっちがだよ、ともう一回思う。

「ちょ、伊澄と渡辺さんどうしたの？　なんでにらみ合ってんの？」

会計を終えて出てきた謙信が、ぎょっとしたように言った。謙信の後ろには、彩香、さくら、清彦もいる。四人の視線は嫌というほど感じたが、六花は何も言わないし、こっちだってわざわざ誤魔化してやれるほど機嫌はよくなかったから、伊澄は唇を引き結んだままでいた。気まずい空気を破るように、清彦が不自然に明るい声をあげた。

「提案なんだけどさ、その会社にはみんなで行こうよ。荒谷くんと武井さんがTシャツの話を聞いてる間、おれたち、近くのお店でまた映画の話してるから」

「それいい、そうしよう、ねっ、六花ちゃんと彩香ちゃん」

さくらが少し無理しているのがよくわかる弾んだ声で話しかけると、彩香は「うん、そうしよっか」とにっこりと笑い、「近くにスタバあるっぽいからそこで待ってるか」とスマホを操作した謙信があとを引き取った。それで、そういうことになった。

「クラスTシャツって、デザインも自分たちで決めるんだよな。田所がさ、けっこうイラスト描くのうまいんだよ。話してみる？」

「田所くん、絵とか描くんだ」

「いいかも。謙信くん、田所くんに話してみてもらえる？　やっぱりオリジナルのイラストって思い出になると思うんだよね」

階下に降りるために呼んだエレベーターは、奇跡的に無人で六人全員で乗りこむことができた。六花が最初に乗りこみ、残りのメンバーがそのあとに続く。謙信と清彦と彩香がTシャツのことを話す間も、伊澄はさっきのことを引きずって黙りこんでいたが、気まずい空気を懸命にやわらげようとするみたいに、さくらが六花に話しかけた。

「六花ちゃんは、クラスTシャツどうするの？　みんなと一緒に買う？」

「もちろん買うよ、私もTシャツ着て歩きたいし」

何を言うのというように六花が笑うと、え、とさくらが小さな声をこぼした。その「え」に込められたとまどいと同じものが、エレベーター内にいる人間全員に波紋のように広がるのがわかった。

「……六花ちゃん、青嵐強歩、出るの？　見学じゃなく？」

「うん。完歩できるかどうかはわからないけど、タイヤも新しいのを用意したりして、実は張り切ってる」

「あ、そうなんだ……すごい」

さくらは笑顔になったが、それがぎこちなく見えたのは、気のせいではないと思う。そのぎこちなさは「すげえな渡辺さん、ガッツある」と相槌を打つ謙信にも「六花ちゃん、根性あるよね」と笑う彩香にも、言葉を探しあぐねている様子の清彦にもまとわりついていた。伊澄自身にも。

青嵐強歩は四十キロ近い道のりを踏破するハードなイベントだ。だから六花は参加しないと、当たり前のように思い込んでいた。

なぜなら、彼女は車いすユーザーだから。

＊

週明けの月曜日は、最後の授業がロングホームルームだった。もう三週間を切った青嵐強歩のスケジュール確認、それと班分けをすることになった。

彩香の兄の友人が経営する会社でクラスTシャツを格安で作ってもらうという話は、クラスメイトにも大好評だった。サンプルとして借りてきた数種類の無地Tシャツは安い上に、吸汗速乾、手ざわりもいい優れものだ。「正直四十キロも歩くとかだるい」という感じだったクラスの空気は、このTシャツをきっかけに活気づいた。ちなみにイラストは、実は中学の時に絵画コンクールで入賞したという田所が担当することになった。

「じゃあ次、班を決めます。五人から四人で組んで。点呼とってもらったり、休憩中の軽食を配ってもらったりするので、班長も一緒に決めてください。決まったら俺にメンバーと班長を教えて」

教壇に立った伊澄が呼びかけると、生徒たちはすぐに席を離れ、仲のいい者同士で固まり始めた。ここから小さいグループが合体したり、バラけて再編成されたりしながら班ができていくはずだ。伊澄は謙信、田所、清彦ともう一人別の男子と組むことが決まっているので、黒板の前に立ったまま生徒たちのやり取りをながめていた。たった一日と少しのイベントに参加するための班決めなんて本当に小さなことだし、世の中から見たらどうでもいいことだ。でもここにいる高校生たちにとっては、かなりの重大事だったりする。

「六花ちゃん、さくらちゃん、一緒の班にならない？」

六花とさくらが気になって様子を見ていると、彩香が二人に声をかけた。彩香は二人の友達をつれていて、六花とさくらが加わればちょうど五人になる。土曜日に映画を観に行った時、彩香は六花やさくらとも楽しそうに話していたし、面倒見のいい性格を感じた。「うん、よろしく」「よろしくね」と笑顔を交わす女子たちを見て、彩香のグループと一緒なら安心だなと伊澄は勝手にほっとしていた。

けれど、五人が机をくっつけ合い、話し合いを始めてすぐのことだ。

「最初に班長決めちゃわない？　そのほうがスムーズだし。あ、渡辺さんは当日どうするの？青少年の家で待ってるとか？」

小沢《おざわ》というボブカットの女子が六花に訊《たず》ねた。純粋にどうするんだろうと思ったからそう訊いた、という感じだった。ただ、たまたまその声を拾った伊澄はひやりとして、廊下側の後ろのほうに固まる女子たちを見た。

六花は、なるべく相手の心に摩擦《まさつ》なく届くように配慮しているとわかる、やわらかい笑みと口調で答えた。

「私も、みんなと一緒に参加したいと思ってるんだ」

「え……四十キロ歩くってこと？」

「うん。車いすだから歩くっていうのは少し違うかもしれないけど、みんなと一緒にゴールできたらなって思ってる」

「あー……そうなんだ」

頷きながら、小沢は彩香にとまどいを含んだ視線を向けた。彩香はその視線にほんの少しだけ困った色を混ぜた笑みを返し、六花と目を合わせた。

「綾峰展望台の前の坂、かなり急みたいだけど大丈夫?」

「うん、あの傾斜だと自力走行は難しいから、私はあそこだけバスを使おうかなって思ってる。展望台の下からシャトルバスが出てるから」

「そっか、そうだね。すごい六花ちゃん、ちゃんとそこまで調べてるんだ。じゃあ班長、ジャンケンで決める? 私は学級委員の仕事もあるから、できたら班長は別の人にお願いしたいんだけど」

「うん、大丈夫」

「ごめん、ちょっと、ちょっと待って」

小沢がすばやく立ち上がり、教壇に立っていた伊澄の前を通りすぎて、「先生、あの」と別のグループの話し合いをのぞいていた担任の矢地に駆けよっていった。

「なあに?」とにこやかに応じた矢地は、小沢がひそめた声で何かを話すと、ほんの少し、しかし確かに頬の輪郭《りんかく》を硬くして、六花たちが固まって座る場所に向かっていった。

矢地は伊澄に背中を向けていたので、表情まではわからない。ただ、聞こえてきた矢地の声は、いつもきびきびとして高らかに話す彼女らしくもなく歯切れが悪かった。

「渡辺さん、ごめんなさいね。私も慣れないことが多くて確認不足だった。学年主任の先生に確認してみるから、少し待ってもらえるかな」

「……確認って、何をですか？」

「その――色々と細かいこと。悪いけど、班長は渡辺さんと武井さん以外の人で決めてもらっていい？」

なるべく明るく何でもないように話そうとしているとわかる矢地の言葉に、伊澄はそれ以上突っこまないでほしいというニュアンスを感じた。六花も感じたはずだ。六花は黙って頷き、その場はそれで終わった。


放課後、昇降口の靴箱のそばで水色の車いすに乗った六花の後ろ姿を見た時、なぜだか少しぎくりとした。上履きと入れ違いにローファーをとり出した六花は、気配に敏感な動物みたいに首をめぐらせて、伊澄と目が合うとひと言。

「どうも」

ん、と応じて上履きを靴箱にしまい、代わりにスニーカーをとり出す。お互い部活はやらず、授業が終わったらさっさと帰宅するので、こうして帰り道に六花と一緒になるのはもう何回目かわからなくなるほどよくあることだ。だけど、今はこれまでで一番緊張していた。緊張なんて、滅多にしないのに。

六花と歩く時は、自然とペースを合わせるくせがついている。並んで昇降口を出ると、まだ真昼みたいに明るい光が目を射した。日を追うごとに、陽射《ひ》しからは冬や春の間の色ガラスを通したような儚《はかな》さが消え、肌に熱を与える強靭《きょうじん》な光に変わっていく。きっと青嵐強歩の時にはもっと夏の気配が濃くなっているだろう。

「私が青嵐強歩に出るって言ったら、班の子たちが驚いてた」

六花が正面を向いたまま口を開いた。何と答えればいいかわからなくて、伊澄は黙っていた。

「土曜日もそうだったよね。みんな一瞬だけど驚いた顔してた。さくらも、荒谷くんも」

「……驚いたっていうか」

あれは、もっと完全に死角を突かれた感覚だったのだ。六花が青嵐強歩に出ること、出ないこと、どちらも考えたことすらなかった。意識にのぼらせるまでもなく自分がそこから六花を除外していたことに、六花の発言で初めて気づいた。それに衝撃を受けた。

だけどそういうことをうまく言葉にできず、結果的に沈黙が長引くと、六花が水色の車いすを前進させながら、すれた感じで言った。

「まあ私、車いすですしね？」

「車いすじゃなくて人間だろ」

声を強めて切り返すと、六花は唇を引き結ぶ。間を置いて、静かに問いかけてきた。

「手加減なしに第三者として意見をくれる？　私は休んだほうがいいと思う？」

映画を観に行った時、六花のささいな挙動にしょっちゅう動揺していた自分を思えば、果たして手加減なしの意見ができるか自信がなかった。それでも、なるべく第三者として考えた。その上で答えを出した。

「渡辺さんのこと見てると、ほんとに大抵のことは自分でできるってわかる。駅から学校に来るのも普通にできるし、段差も自力で突破するし」

「突破できない時もありますけどね」

「だから、できるんだから、出たほうがいいと思う。俺は四十キロ歩くとか正直だるいけど、学校の行事だし、当日熱出したり食中毒になったりしない限りは出る。だから渡辺さんも、熱出したり食中毒になったりしない限り、出たらいいと思う。出たほうがいいと思う」

グラウンドの方角から、金属バットが球を打つ澄んだ音が聞こえた。わっと弾ける歓声も。そういえば野球部の顧問に熱烈な勧誘を受けたなと、関係のないことを思い出した。

「私も、坂も段差もいっぱいあって最後にはほとんど山になる四十キロの道のりを車いすで行きたいんですかって訊かれると、いえ別に、って感じなんだけど」

「そうなのかよ」

「だけど私、ただでさえ『これ、あなたはしなくていいよ』って言われることが多いの。その中には本当に私にはできないことも多いんだけど、もしかしたらできるかもしれない、気合いを入れればきっとできるっていうこともあるの。みんなの空気がおかしくなったのはわかってる。でも、それでも『やります』って言っていかないと、このままずるずる色んなものがなくなっちゃいそうで――怖いんだ」

六花の言うことは、よくわかった。わかるなんて軽々しく言うものじゃないんだろうけど、それでも伝わったことは伝えたくて「うん」と伊澄は頷いた。

自分も六花は青嵐強歩に参加しないと当然のように思い込んでいた。「おまえはしなくていい」なんて思っていたわけではないが、突き詰めれば同じことなのだろう。そんな拒絶や排除とすらいえない、すごく曖昧で当人たちも自覚していない、でも確かに存在する意識があって、それはよく六花を足止めしようとする。それに対して六花は、誰かを責めたり、声を荒らげるのではなく、丁寧に自分の意志を表明することでなんとか理解し合おうとする。私は車いすではなく人間だ、と伊澄に告げたように。

「大丈夫だよ。生徒が学校の行事に出るって普通のことだし、渡辺さんも綾峰の生徒だし、俺も手伝うし。だから、心配ない」

言葉にするのがうまくないのは自覚している。それでも下手《へた》なりに、彼女に伝えたいことをなるべくそのまま口にした。

ハンドリムを繰る手を少しゆるめた六花は、こちらを見上げて小さく笑った。水の底できれいな石が光っているみたいな笑顔だった。

「荒谷くんって、実はけっこう、いいやつだよね」

「実はけっこう、ってどういう意味」

「ありがとうという意味」

ハンドリムをいっぱいに回した六花が風を切って先に進んでいく。遅れて伊澄もあとを追いかけた。六花の耳にかかる黒い髪が、風を受けてゆれるたびに夕陽にきらめく。

できることなら何でも手伝うし、どうにかなるだろうと思っていた。そんなにたいしたことではないと。

だが、自分と他人はまったく別の考えのもとに生きているという、ものすごく当たり前のことを忘れていた。


「委員長」

次の日、声をかけられたのは、朝のホームルームまで十分ちょっとという時だ。

ダウンロードしたばかりの好きなバンドの新曲を聴いていた伊澄は、ワイヤレスイヤホンを外しながら、机の前に立った女子の二人組を見上げた。ボブカットの女子は小沢、セミショートのほうは西本《にしもと》だ。どちらも彩香と同じバスケ部で、青嵐強歩で六花、さくらと同じ班になる二人でもある。

「何？」

「ちょっといい？」

手招きされて、何だよと思いながら立ち上がる。教壇と机の間の通路を進んでいく二人に続こうとしたら、ブレザーの裾を引っ張られた。ドン引きの表情の謙信だ。

「朝から呼び出しとか伊澄、何やった？」

「何もしてない」

「絶対告白って雰囲気じゃなかったよな……締められそうになったらケータイ鳴らせよ、助けに行ってやるからな」

こいつは何の心配をしてるんだと思ったが、友情は感じたので、わかったと答えて伊澄は教室を出た。

小沢と西本はもうかなり先にいて、廊下の突き当たりに近いところで足を止めると、もう一度伊澄に手招きをした。そこは多目的トイレのそばで、木目調のスライド式のドアに開閉のためのボタンが取りつけられている。その隣はエレベーターだ。このエレベーターは体調が悪い人やけが人、重い物を運ぶ人、何らかの理由で階段を利用することが難しい人のためのもので、原則として一般の生徒は使ってはいけない決まりになっている。生徒がほとんど近づかないこの場所を選んだのは、人の目や耳をはばかる話をしたいからだと察しがついた。

「で、何？」

「委員長って、渡辺さんと付き合ってるの？」

腕組みした小沢の声は低かった。付き合ってるの？　という問いかけが、脳みそにうまく染みこまないままくるくると回る。動揺を顔に出さないのは、わりと得意だ。伊澄は愛想がないと自覚のある声で返答した。

「付き合ってない」

「そうなの？　朝とか放課後とか一緒に歩いてるから、そうなのかと思った」

今度言ったのは西本のほうだ。朝によく一緒に歩いているのは、どちらも満員電車が嫌いで綾峰駅に七時半着の電車に乗ってくるからだし、放課後によく一緒に歩いているのも、単にどちらも部活に所属していなくて授業が終わったらさっさと綾峰駅に向かうからだ。それを他人が気にして見ているとは思わなかったし、そんな個人的なことをわざわざこんなところに呼び出してまで話題にされたことにイラッとした。

「それがどうかした？」

「付き合ってなくても、渡辺さんと仲いいのは確かだよね？」

「委員長さ、渡辺さんにやんわり言ってくれないかな。青嵐強歩のこと、空気読んでほしいって」

過去にも親友相手にしでかしたことがあるから、自分が人の感情の機微に疎《うと》いほうだという自覚はある。

それでも今は、彼女たちが何を言いたいのかちゃんと理解した。空気を読むというのが何を表しているのか、胸がざわりとするくらい、よくわかった。

「つまり、渡辺さんに青嵐強歩に出ないでほしいってこと？」

伊澄の尖《とが》った気配に敏感に反応して、小沢も応戦するように眉を吊り上げた。

「うちらだってこんなこと言いたくないよ。けどうちら、障がいのある人の介護とかしたことないし、何かあった時に責任とれないし」

「介護って、渡辺さんはそういうの必要ないし、何かあったとしても別にあんたらの責任にはならないだろ」

「そうかもだけど、やっぱり同じ班にそういう人がいたら、ずっと気にしてなきゃいけないじゃん。四十キロだよ？　朝七時から次の日の朝までだよ？　その間ずっとピリピリしてなきゃなんないの、はっきり言ってきつい」

「そもそも、無理じゃない？　車いすで四十キロとか。途中に段差とか坂とか絶対にあるし、最後のあたりなんて山道だし、動けなくなったらどうするの？　私たちじゃ対処できないよ。

渡辺さん、学級委員にも立候補したりして、障がいに負けないようにがんばってるのはわかるんだけど、それでこっちにまで影響出るのは正直困る」

「がんばってるって……そういうことじゃないだろ。あの人だって普通にこの学校の生徒なんだから、だったら普通にイベントにも出るだろ」

「でも、それで同じ班のうちらが面倒見ることになるんだよ。車いすなんだから、絶対に普通の人みたいにはできないことがあるじゃん」

「私たちじゃそういう時のサポートできないし、失敗した時に責任とれない。ていうか、ぶっちゃけ、せっかくのイベントなのにそういう重いこと気にしなきゃいけないのつらいよ」

邪魔者扱いするような言い方に怒りがこみ上げて、だったら同じ班になるのをやめればいいだろと言いかけ、言葉を呑《の》みこんだ。

では彼女たちが去ったとして、ほかに六花と同じ班になる生徒がいるのか。彼女たちと同じようなことを思って、遠巻きにするのではないか。六花が青嵐強歩に出ると聞いた途端、ぎこちなくなったさくらや謙信の顔を思い出すと、それを考えすぎとは思えなかった。

「うちらが、渡辺さんに障がいがあるからって差別してるとか思わないでね。そんなつもり、一ミリもないから」

伊澄が黙り込んだのをどう思ったのか、小沢が苦い表情を浮かべた。自分だって本当はこんなことは言いたくないんだというように。

「渡辺さんのこと嫌いじゃないし、むしろ障がい者の人ってもっと気を遣わなきゃいけない感じなのかなって思ってたけど、渡辺さん明るくて付き合いやすいし、大変なことも多いと思うけどがんばっててすごく偉いなって思うし……差別なんてしてない。絶対そんなこと考えないし、傷つけたいわけでもないんだよ。だから仲のいい委員長に、なるべくソフトに伝えてほしいって頼んでるし」

ただ、と彼女は後ろめたそうに呟《つぶや》いた。

「私、そういう人たちにどうしてあげたらいいのか、わかんないの。何かあった時にきちんと助ける自信ない。それに渡辺さん、ほんとは一歳上でしょ？　なんか、同じ班になってもどう接したらいいかよくわかんないっていうか」

「――一歳上って？」

完全に油断していたところを刺されたみたいな、そういう感覚だった。小沢は「知らなかったの？」と驚きを浮かべた。

「渡辺さん、本当だったらうちらの一コ上なんだよ。中二の時に病気で車いすになって、それから中学はほとんど行けなくて、それでも卒業は普通にしたらしいんだけど、高校に入るまでに一年空いてるんだって。彩香がバスケ部の西扇出身の子から聞いたって」

西扇中学は、六花と清彦の出身校だ。そこから糸がつながるように思い出した。

仙台までミュージカル映画を観に行った日、みんなと昼食をとっていた時だ。ミュージカルつながりで、中学一年の時に開催された芸術鑑賞会で、綾峰市内の中学校が合同で有名劇団の仙台公演を観た話になると、清彦は気遣わしげな表情で六花のことをうかがっていた。

あの時感じた引っかかりの正体が、今わかった。

六花は、例の劇団の仙台公演を観ていない。その理由を彼女はこう話していた。

『私はその時いなかったの。ちょうどその頃に病気になったから』

だが、六花が脊髄《せきずい》の病気を患《わずら》ったのは中学二年生の時だ。自己紹介の時、確かにそう言っていた。そうすると病気が原因で仙台公演に行けないというのはつじつまが合わない、それが引っかかったのだ。

だが今、つじつまは合った。

六花が口にした『その時』——自分たちが仙台公演を観に行った中学一年の時、六花は一学年上の、中学二年生だった。

「委員長……大丈夫？　なんかごめん、渡辺さんと仲いいならもう知ってると思ってたから。でも別に、渡辺さんも嘘《うそ》ついてたとかじゃないと思うよ」

そう、六花は嘘などついていない。

ただ、誤解を解かなかっただけだ。そしてただ自分が、同じ学年にいる者はみんな同い年だと思い込んでいただけだ。

黙り込んだ伊澄の前で、小沢と西本は時々顔を見合わせつつ、気まずそうにしていた。何か言わなければと思うが、頭がうまく働かなくて、そもそも何の話をしていたのかもよくわからなくなってきて、言葉が出てこない。

廊下にチャイムが響いた。登校時間の締め切りを知らせるものだ。あと五分でホームルームが始まる。「やば」と西本が焦った調子で呟いたのを合図に、伊澄も何とか口を開いた。

「もう時間だから、この話はまたあとで――」

その時、すぐ近くにある多目的トイレのドアが開いた。伊澄は自動ドアの内側から姿を現した女子生徒を見て、言おうとしたことを全部忘れた。

完全に固まった女子二人組と伊澄に、六花は大人びた苦笑を向けた。

「ごめん、三人とも教室に戻ってから出ようと思ってたんだけど。私は移動に時間かかるから、もう行かなきゃまずいんだ」

じゃあ、お先に。水色の車いすでこぎ出しながら六花が見せた笑顔は、やわらかい目の細め方から口角の角度まで、もう何も言えなくなるくらい見事だった。

その日一日、六花は何事もなかったように過ごしていた。ただ、話をしたくて伊澄が近づこうとすると、するりと姿を消してしまう。だったら放課後に声をかけようと考えていたが、普段はすぐに駅に向かう六花が今日はいつまでもさくらと談笑していて、帰ろうとする気配がない。結局、伊澄はひとりで綾峰駅に向かった。

ホームで音楽を聴きながら電車を待っていると、制服姿の長谷川さんに声をかけられた。

「渡辺さん、今日は委員会の当番で遅くなるんだって？　きちんとお昼に連絡してきてくれたんだよ、本当にしっかりしたお嬢さんだねえ」

別に訊いてもいないのに話してくれる長谷川さんは娘を自慢するような笑顔で、伊澄は「そうですね」とだけ答えておいた。

次の日、朝のホームルームで矢地が「渡辺さんは体調不良でお休みです」と言った。

六花の欠席は翌日、木曜日も続いた。理由はやっぱり「体調不良」だという。風邪でもひいたんだろうか。それとも、もっと深刻に具合が悪いんだろうか。あるいは、火曜日の朝のことが関係しているんだろうか。

六花のことが頭から離れず、授業中も上の空だった。若かりし頃はバイクを乗り回して何かと闘っていた両親の血のせいか、理屈抜きで速く走ることに喜びを感じるランナーの性《さが》か、じっとしているだけというのがどうにも苦手だ。伊澄は昼休みに入ってすぐ、一直線に廊下側の後ろの席に向かった。

「力石さん」

教科書とノートを机にしまっていたさくらは、伊澄を見ると鷲《わし》にらまれたインコみたいに固まった。どうしていつもおびえられるんだろうか。目つきが悪いからか。

「渡辺さんと連絡とってる？　体調不良ってどんな感じかわかる？」

「わたしも気になって、昨日から朝と夕方に『具合どう？』って訊いてるの。でも六花ちゃんからは『大丈夫だから心配しないで』としか返事なくて……」

それ以上のことはわからないのです、申し訳なく思います、というようにさくらはうつむいてしまう。まあ、想定内だ。

「力石さん、渡辺さんの住所って知ってる？」

さくらは目を大きくする。

「え……それは、まさか荒谷くん、六花ちゃんのおうちに行こうと思っているのですか？」

「なんで敬語？　ちょっと気になることあるから様子見てこようと思って。でも勝手に教えるのもまずいと思うから、悪いんだけど渡辺さんにそのへん確認とってもらえる？　俺、あの人の連絡先知らないから」

こんなことなら映画を観に行く時にでも連絡先を交換しておけばよかった。というか、本当は何度か交換しないかと言おうとしたのだが、どうしてだか言い出せないまま帰ってきてしまったのだ。

昼休みを迎えた教室は、机をくっつけ合う音や、購買に誘い合う声、明るい騒がしさにつつまれている。さくらが、絞り出すような声で言った。

「あの、そういう時、迷惑じゃないかなとか、気に障《さわ》って嫌われたらどうしようとか、不安になって、やっぱりやめようって怖気《おじけ》づいたり、しないの？」

え？　と思わず目がまるくなった。

「怖気づくとかは別に。渡辺さんは迷惑だったら迷惑って言うだろうし、気に障ったらやっぱりそう言うと思うし、そのあとは相手の問題で俺には手出しできないし」

「……そう、かもしれないけど。でも、人ってわかんないでしょ？　本当は何考えてるかわかんないし、自分がどう思われてるかもわかんないし、ちょっとでも間違えたらもう終わりになっちゃうかもしれないし、もしかしたら攻撃されるようになるかもしれないし、わたしはそういうのすごく怖いんだけど、荒谷くんとか上杉くんとか武井さんとか、上のほうにいる人たちは、何も怖くないみたいに見えるから、どうしてこんなにわたしと違うんだろうって……わたし以外の人は、みんな自信を持って生きてるように見えるから、どうしたら、そんな風になれるんだろうって……」

さくらの声はどんどん小さくなり、最後はほとんど吐息のようだった。上とか、自信とか、よくわからない部分も多かったが、とりあえずひとつ訂正しておくことにした。

「何も怖くないなんてことないよ。俺も友達にかなり間違ったことやって、もう元に戻せなくなったことがあるから。人と付き合うのは、怖いって思う」

ただ、と呟く。

「それでも何とかやってかないといけないし、渡辺さんは、何とかやってく努力をしてる人だと思う。俺も見習わないとって、あの人のこと見てると思う」

その瞬間さくらが浮かべた表情を、なんと形容すればいいのだろう。どこかに痛みを覚えたような、身の置き場がなくてぎゅっと肩をすくめるような、そんな感じに見えた。

「……六花ちゃんに訊いてみる。返事が来たら、教えるね」

ありがとう、よろしく、と答えて伊澄は一度自分の席に戻った。今朝、母の分と一緒に作った弁当（夕飯の残りの肉じゃがと、ゆで卵と、冷凍食品のおひたしとミニトマトを詰めただけだ）を食べて、手持ち無沙汰《ぶさた》で待つこと三十分ほど。さくらが「荒谷くん」と呼びながら小走りでやってきた。

「六花ちゃんから返事が来たんだけど……『風邪をうつすと申し訳ないので会いません。そう伝えてください』って」

こんな結果でまことにすみません、という感じでさくらはスマホを両手で掲げたまま、うつむいている。伊澄は、さくらと六花がやり取りしているチャットアプリの画面をながめた。なんで敬語になるんだ？　その前までは普通にタメロで会話してるのに。

「『うつらないようにマスクして行くので問題ありません』って打ってもらえる？」

「えっ。うん……ちょっと待ってね」

さくらが液晶画面に指をすべらせると、四十秒後に六花の返事が表示された。

「『本心から来ていただかなくてけっこうです、とお伝えください』とのことで」

「『四時半ごろにうかがいます』って打って」

「えぇー……ちょっとお待ちを」

さくらが指示通りに返信すると、十秒で六花の返答があった。

「『その時間は所用で出かける予定なので不在です』だって」

「風邪どこ行ったんだよ」

「わ、わたしに言われてもぉ」

ところで、六花とさくらが使っているチャットアプリには無料通話機能も付属されている。伊澄は画面右上にある受話器のマークをタップした。「ああっ！」とさくらが声をあげたが、かまわずに通話用画面に切り替わったスマホをとり上げて耳に当てる。くり返されるコール音。

六回目の途中でコールが途切れた。

『……もしもし、さくら？』

「荒谷ですが」

ただでさえ愛想のない自分の声が普段に輪をかけてガラの悪い感じになっている気がしたが、かまわずに伊澄は続けた。

「四時半ごろにうかがいます。出かけてたら帰ってくるまで待ちます。よろしくどうぞ」

通話終了ボタンをタップして、さくらにスマホを突っ返す。あわてて受けとったさくらは、目をまんまるくしていた。

「荒谷くん、やっぱり、何も怖いものなしに見えるよ」

「そう？　族の血引いてるからかも」


放課後、さくらに教えてもらった六花の自宅に向かった。六花が住んでいる地域はまったく土地勘がないのだが、問題はない。こちらには無敵の地図アプリがある。

最寄り駅から六花の自宅までは徒歩二十分ほどらしいので、歩いていくことにした。六花が普段行き来している道を自分もたどってみたいという気持ちがあった。仙台市に近く、幹線道路とビルに囲まれている伊澄の地元と違い、こちらは住宅やマンションの多いベッドタウンで、景観がきれいに整えられている。ただ、傾斜が急な坂が多かった。これでは確かに六花は難儀するだろう。歩道の点字ブロックも、変なところで途切れていたり、少し壊れたりしているところがあった。目の見えない人ってここをどう歩くんだろう、と思いながら通りすぎる。

十五分程度で到着した六花の自宅は、屋根が青く塗られた箱型の二階建てだった。歩道と家の境目にコンクリート製のスロープがあり、それはまだ新しく見えた。きっと六花が車いす生活になってから取りつけたのだろう。しげしげと見ていると、

「動くな」

ドスのきいた声が背後からかかった。一瞬硬直して、そろそろとふり向くと、水色の車いすに座った六花がいた。デニムのロングスカートに白いブラウスを着ている。顔色はよかったので、ほっとした。

「やっぱり仮病」

「失礼な言い方しないで。有休使っただけよ」

「高校生に有休あるなんて初耳なんだけど」

「そもそも誰のためにお茶菓子を買ってきたと思ってるの？　信じられない。来なくていいって言ったのに本当に来ちゃうし」

怒った調子で言いながらスロープを上る六花の、水色の車いすの背もたれには荒谷家でもよ

く使うようなエコバッグが掛けてあった。そういえば何も手土産《みやげ》を持ってこなかったと、今さらあわてた。

六花に続いて玄関に入ると、カレーのいい匂いがした。今日の夕飯だろうか。

玄関にはスロープはなく、代わりに上がり框《かまち》の段差が車いすでも支障ない程度にごく低く設定されていた。玄関の端には、もう一台の車いす——こちらはフレームが黒い——が停めてあり、六花は水色の車いすのブレーキをきちんと掛けると、黒の車いすの座面に手を置いて、しっかり固定されていることを確かめた。次に片手を黒の車いすのアームレストに、残りの手を水色の車いすのアームレストにおくと、するりと黒い車いすのシートに乗り移った。車いすから車いすへの移乗を見たのは初めてで、脚力はあるが腕力はない伊澄は感心した。

「腕の力すごいな」

「腕の力だけでやるわけじゃないよ。こういう訓練、リハビリ病院で嫌になるほどするから」

「——六花、お友達なの？」

廊下の先にあるスライドドアが開き、色白の女性が顔を出した。途端にカレーのいい匂いが濃くなったから、ドアの向こうはキッチンなのだろう。左肩の上でゆるく髪を結った女性は細身で、でも背が高い。六花の母親だということはひと目でわかった。目もとは六花のほうが凛々《りり》しい印象だが、鼻、唇の形はコピーしたようにそっくりだったので。

「友達じゃなくて、よく同じ電車に乗るクラスメイトの出席番号一番、荒谷伊澄くんです」

「……そんなにいい発音で友達否定する必要なくない？」

「六花の母です。いつも娘がお世話になっています」

ほほえんだ六花の母親は深々と頭を下げ、伊澄もあわてて頭を下げ返した。

「いえ、別にお世話はしてないんで」

「でもお見舞いに来てくださったんでしょう？　どうもありがとう。ごめんなさいね、この子、見ての通り本当は元気なんだけど――」

「お母さん、時間だし今日はもういいよ」

六花の言い方は、親がクラスメイトに色々話すのを嫌がって邪険にするようなものではなく、至って落ち着いていた。母親を見上げる六花の表情も。

「でも、お友達も来てるし」

「大丈夫だから。ご飯ありがとう」

「そう――じゃあ、行くね」

六花の母親はもう一度伊澄に「どうぞよろしくね」とでもいう感じにほほえんだ。不思議だ。

顔のパーツは六花とそっくりなのに、独立心とパワーに満ちた六花と違い、母親には蜉蝣《かげろう》みたいに儚げな雰囲気がある。どこか疲れていて、すうっと透きとおってしまいそうな。

六花の母親は玄関で靴を履くと、そのまま外に出ていった。用事があるのだろうか。それとも、これから仕事だったりするのかもしれない。ニッチな商売で生計を立てている伊澄の母も、非常識な時間に出かけていき、非常識な時間に帰ってくることがわりとある。

「こっちにどうぞ」

六花は廊下の突き当たりのスライドドアを開けて、伊澄を中に通した。リビングとおぼしき十畳ほどの部屋だ。テレビと、本やDVDを収めた棚、観葉植物の鉢、ローテーブルとソファのセットがある。家具と家具の間には車いすが通るのに十分なスペースが開けられているし、床は車いすの走行を妨《さまた》げない、なめらかなフローリングだ。そういえばドアと部屋の境目にもまったく段差がなかった、と伊澄は気がついた。この部屋、いや、この家全体が、六花に配慮された造りになっているのだろう。

六花はリビングと続きになっているキッチンに向かい、膝《ひざ》に置いたお盆にコップを二つ載せて戻ってきた。伊澄が突っ立っているのを見ると「何してるの？　座って」と眉を吊り上げながらソファを指し、自分はローテーブルの短辺のところに車いすを停めた。伊澄は六花に一番近いソファに腰を下ろした。

六花は車いすの背もたれに掛けていたバッグからお茶のペットボトルとポテトチップスの袋を出した。「開けて」と伊澄にポテトチップスを渡し、自分はコップにお茶を注ぐ。伊澄はいつも家でやっている通り、袋の口の部分を引っ張って開け、つなぎ目をピリピリと裂き、袋を皿のように広げてテーブルに置いた。

「食べて」

「なんでそんなに圧強いの？　いただきます」

「最初に言っておくけど、私、別に火曜日のこと気にして休んでたわけじゃないから。そんなヤワじゃないので見くびらないで」

今日の六花の滑舌はひときわ冴え、淡々《たんたん》とした声音《こわね》には凄《すご》みがある。伊澄はかじっていたポテチを飲み込んでから口を開いた。

「じゃあ、なんで有休とってたの」

「私にだって一日中ポテチかじってコーラ飲んでミュージカル映画観てなきゃやってられない気分になることがあるのよ」

「そんなことしてたのかよ。けどそれはやっぱ俺たちがあんな話をしてるの聞いたから」

「さっきも言ったけど違う。――火曜日の昼休みに、矢地先生に言われたの。私が青嵐強歩に出るなら、保護者の付き添いが必要になるって」

初耳だったので驚いた。六花はお茶を注いだコップに目を据えたまま続ける。

「でもうちの両親は共働きだし、付き添いを頼むなら仕事を休んでもらわなきゃいけなくなる。

高校生にもなって親に付き添ってもらうなんて変だし、たかが学校のイベントのために親に仕事を休ませるなんてもっと変でしょ？　そこまでして出なきゃいけないものでもないな、って考え直した。私、青嵐強歩は休むね」

六花は仕上げのように口角を上げた。これは別にたいしたことじゃないし、私は何とも思ってないと表明するみたいに。

でも、本当に何とも思っていないなら、二日も学校を休んだりするか。

「付き添いのこと、親に頼んでみたら？　まだ何も話してないんだろ？　頼んだら『いいよ』って言ってくれるかも」

「言ってくれるよ、きっと。父も、母も、私が何かをやりたいって言えば、自分が大変な思いをしても必ず手を貸してくれる。私が綾峰高校に行きたいって言ったから、父は朝早く起きてお弁当とご飯の準備をしてくれるし、母は毎朝駅まで車で送ってくれる。青嵐強歩のことも、話せばきっと仕事を休んで付き添いしてくれる。だから、嫌なの」

六花は、彼女らしくもない弱々しい笑みを浮かべた。

「私が病気になった時、ものすごい治療費がかかった。車いすを買うのにもお金がかかったし、車いすの私でも暮らせるように家をリフォームするためのお金もたくさんかかった。それだけじゃないよ。私が車いすになったせいで、父は転勤のない会社に移らなきゃいけなかったし、母も宝塚《たからづか》が大好きなのに公演に通うのをやめちゃった。私が何かをすると二人に大変な思いをさせるし、何もしなくてもやっぱり苦労させせちゃうの。これ以上、わがまま言えない。二人につまんないことで迷惑かけたくない」

「迷惑って」

「あのね。さっき母、出ていったでしょ？　どこに行くかわかる？」

伊澄は眉根をよせた。

「仕事とかじゃないの？」

「違うの。これから、帰るの。すぐそこのアパートに」

帰る、という意味がわからなかった。この家が、六花と両親の帰る場所ではないのか。

「中二の時にいきなり病気になって、治療がうまくいったおかげで命は助かったけど、もう自分の足で歩くことはできないって言われた。それで私、すごく荒れたの。どうして私がこんな目に遭《あ》わなきゃいけないの、どうして私なの、って。小さい頃からミュージカルスターになりたくて、歌もダンスもがんばったし、演技の勉強もしてた。留学する時のために英語の勉強も自分でテキスト買って毎日してたし、夢を認めてもらうために学校の勉強もがんばってた。でも、それが、ある日いきなり全部だめになっちゃった」

世界がいきなり裏返されたその日を思い出すように、六花は遠いまなざしになる。

「あんまり苦しくて、死ぬほど腹が立って、いつも不安で頭がパンパンで、もうおかしくなりそうで、それで私、母に当たったの。わがまま言って、怒鳴り散らして、傷つけることもたくさん言った。それでも平気だと思ってた。大人は傷ついたりしないし、お母さんはお母さんだから私が何を言っても何をしても受け止めてくれるって、本当に馬鹿《ばか》だけど、思い込んでたの。でもね、母はある日、心を壊して倒れちゃった」

何も、言葉が出てこない。気の利いた相槌を打ち、六花に寄り添ってなぐさめる言葉をかけなければいけないのに、何ひとつ見つけられない。

「苦しいのは私だけだと思ってた。でもそうじゃなくて、私が歩けなくなったことで父も同じだけ苦しんでたし、母はもしかしたら私以上に苦しんでたかもしれない。それなのに、たくさんひどいこと言って、八つ当たりして、私は母の心をぼろぼろにしちゃった。母は私を責めたことは一度もないんだよ。受験勉強の時も助けてくれたし、今も毎朝駅まで送ってくれるし、雨が降れば迎えに来てくれて、夕ご飯も毎日作りに来てくれる。だけど、今でも、母は私と同じ家で暮らせない。それだけ、私はひどいことをした」

この期《ご》に及んでもまだ何も言えないバカな男子に、六花は透きとおるような微苦笑を向けた。

「だから、これ以上私のせいで迷惑をかけたくないんだ」

「……迷惑とか、思ってないと思う。それは迷惑とは違うんじゃないのか」

「どう違うの？　私がいると、誰かが何かを負担しなきゃいけなくて、それを『嫌だな』って思う。火曜日の朝、小沢さんたちが言ってたみたいに。あれは正しいよ。私は、どうしてもそうなっちゃうの。誰かの手を借りないと、助けてもらわないと、どうにもできない時がある。迷惑をかけなきゃそこにいられない時がある。でも――」

声が震え、六花がデニムスカートの裾をぎゅっと握りしめた。

「本当は誰にも迷惑なんてかけたくないよ、私だって。自分のことは全部自分でやって、好きな時に好きな場所に好きなように行きたい。段差も坂道も気にしないで階段しかないところにも出かけていきたい。歌いたい。踊りたい。色んな人を演じて大雨みたいな拍手をもらいたい、ステージの上で。毎日毎日そう思うの。こんなの私じゃない。今まで何でも自分で決めてひとりの力でやってきたのに、誰かに助けてもらわなきゃ生きていくこともできないなんてこんな私は私じゃない、本当の私に戻りたいって。だけど、もうどうしようもないから、今はこの私が本当の私なんだから、がんばろうって思うの。でも夜にはまた、どうしてなの、時間を戻して、戻りたいって――毎日、毎日、それのくり返し」

リビングにはレースのカーテンをかけた大きな窓があり、そこから射しこむ夕暮れの光が、六花を照らしていた。頰の輪郭線が淡いオレンジ色にかがやき、繊細な産毛《うぶげ》が光っている。うつむき加減のその姿が、とても深いかなしみを帯びている。

何かを言わなければいけないと伊澄は口を開いたが、息の音しか出てこなかった。

『私、そういう人たちにどうしてあげたらいいのか、わかんないの』

六花を傷つけないように青嵐強歩を諦《あきら》めさせてくれと頼んできた小沢が、苦しそうにこぼした言葉を思い出す。今なら、彼女がああ言った気持ちがわかる。

六花がつらい気持ちでいる。それはわかるのに何も言葉が出ないのは、自分はきっと何もわかっていないという引け目があるからだ。良かれと思ってかけた言葉が実は見当外れで、それによって六花を傷つけてしまうのではないかと怖いからだ。実際、自分は何もわかっていないのだと思う。本当は少しばかり六花を理解しているつもりでいた。だけどたった今、自分の「理解」なんてほんの表面をなでるくらいのものでしかなかったのだとわかった。自分にはわからない。六花の抱える苦しさが本当にはどんなものなのか、どれほどのものなのか。どんな言葉が彼女の心に届き、どんな行動が本当の意味で彼女の助けとなるのか。情けないくらい、何も、わからない。

——だけど、わからないからといって、黙り込んだままではいられないのだ。

彼女が唇を噛んで必死に耐えている今この時に、何もできず、何も言えないのだとしたら、自分が今ここにいる意味なんてない。

「もし——現実はそうじゃないんだけど、それでも、もし俺と渡辺さんが逆だったら。俺が車いすユーザーでも学校のめちゃくちゃ歩くイベントに出たいって言ったら、渡辺さんはそれ、迷惑だって思う？」

六花が少しだけ顔を上げ、前髪の隙間《すきま》から赤くなった目を向けてきた。

「思わないよ。でもそれは、現実には私が車いすユーザーだからで、だからそれがどういう気持ちかわかるから、迷惑って思わないだけの話だよ」

「確かにそうかも。現実には、俺は中学の時のけがも運よく治った、普通に歩けて百メートルもそこそこのタイム出せる健常者だし。けど、渡辺さんが青嵐強歩に出たいって思うことを、迷惑とかわがままとは思わない。それはどうしてかっていうと、俺が渡辺さんのこと、いくらか知ってるからだと思う。学級委員になるのを遠回しにやめとけって言われた時、腹を立てたり責めたりするんじゃなくて、これから自分のことをみんなに知ってもらえるようにがんばるって渡辺さんは言った。あの時だけじゃなく、車いすを使ってる渡辺さんと、そうじゃない俺たちが一緒にいる毎日の中で、俺たちに気を配って、でも自分の気持ちもしっかり声をあげて伝えて、俺たちにとっても、渡辺さんにとっても、少しずつ何かが良くなるように努力してる。俺はそういう、いつも闘ってる渡辺さんを知ってる。青嵐強歩のことも、イベントに出るか出ないかだけの話じゃなくて、そのもっと向こうにあるものにつながる話なんだって知ってる。だから俺は、迷惑とかわがままなんて思わないんだと思う。俺も何かを手伝いたいって、思うんだと思う」

六花の目がゆっくりと大きく開かれ、水の膜《まく》を張り、ゆらめいた。だけど気丈な彼女は、こみ上げたものをあふれさせることを良しとせず、口元と目に力を込める。

そんな意地っ張りで、いつも自分の力で立とうとする意志を捨てない彼女が好きだ。

「火曜日の朝に聞いたこと、やっぱり傷ついたと思う。あの時は俺もろくなこと言えなくて、ずっと引っかかったままだった。でも、俺に渡辺さんのこと言ってきたあの人たちも、渡辺さんが嫌いなわけじゃない。『何かあった時に責任とれない』って言い方してたけど、つまり、怖いんだよ。車いすユーザーが困ってたらどうすればいいのか、自分にそれができるのか、もし何かやばいことが起きたらどうしたらいいのか、どれもよくわからないから、なんか怖い。自分がよくわかってないせいで相手を傷つけたり失敗したりするんじゃないかって怖い。だけど、逆にそれがわかれば、怖くなくなると思う。怖くなくなったあと、その次に来るのが『面倒だから関わりたくない』とかだったら、それはもう仕方ない。違う人間同士なんだから全員とわかり合うのは無理だ。でもまだそうやって『仕方ない』って済ませる段階じゃないと思うから、決めるのは待って。俺に時間をくれないか」

「……どうして？　どうして、そんなにしてくれるの？」

幼げな表情で眉根をよせる彼女に、どう言えばいいのか考える。胸のなかに名前のないまま咲いているものを、どんな言葉なら形にできるのか。

「初めて会った日、入学式の日に、渡辺さんは俺に『私は車いすじゃなくて人間です』ってめちゃくちゃ喧嘩《けんか》腰に言ったけど」

「失礼ね、別に喧嘩腰じゃなかったでしょ」

「あれから、なんか俺の世界、カラフルになったんだ」

今ふり返ればわかる。あの時までの自分が、どれほど閉ざされていたか。

耳にイヤホンを突っこんで、ガンガン音楽を流して、どこで誰が苦しんでいようと無関心だった。速水と一緒に情熱を根こそぎ失ってしまって、もう何ひとつ本気にならないと斜に構えながら、息苦しい一日一日をやり過ごしていた。

あの時、自分の世界は白黒映画みたいに色褪《あ》せていた。だからこそ、自分自身であるために闘う彼女が、とても色あざやかに見えた。

「前の俺は『あんた車いすなのに』って深く考えずに言うようなやつだったけど、今はトイレのドアが内側に開くタイプだったりすると『これ車いすユーザーってどうするんだろう』って思ったりする。そういう風に、自分とは違う、色んな人がこの世界にはいるってことを、前よりも少しだけ知ってる。前までは自分のしようとすることが邪魔されるとすぐにイラッとしてたけど、今は、色んな違う人たちが共同生活してるんだからそういうこともあるなって思う。

俺、前の俺よりもまるくなったし、人間が好きになってると思う。それで俺は、今の俺のほうが好きなんだ」

「そういうのは、荒谷くんが自分で変わったからだよ。別に私、何もしてない」

「渡辺さんは何もしてないつもりかもしれない。でもやっぱり、渡辺さんに会ってなかったら、今の俺はこうじゃなかった」

変わるきっかけを与えてくれたのは、まぎれもなく彼女だ。

自分が犯した罪の話に耳を傾け、神様が開けてくれた窓が見つかるといいと笑ってくれた。

「俺は渡辺さんからもらったものがある。だから、今度は俺が渡辺さんにそれを返したい」

六花の黒目の下に透明な水がふくらんで、頬に光のすじを描きながら流れ落ちた。

顔を見られたくないというように六花はすぐにうつむいてしまう。そのまましばらく経ってから、めん、と小さな呟きが聞こえた。よく聞き取れなくて「何?」と聞き返した。

「黙ってて、ごめん。歳《とし》のこと」

顔を上げた六花は、目が真っ赤で、叱られた小さな女の子みたいな顔をしていた。

「駅で会って一緒に学校に行く時とか、一緒に駅まで帰る時とか、何回も言おうと思ったの。でも……言えなかった。知られたくなかったの。絶対いつか知られるに決まってるけど、わかってるけど、でも、どうしても、荒谷くんに言えなかった」

いつでもスポットライトを浴びているように胸を張って語る六花が、今は涙声でたどたどしくしゃべる。そんな姿もわりと可愛くて、伊澄は笑った。

「俺は渡辺さんが一コ上って聞いて、なんか安心したけど」

「……は？　どうしてよ」

「同い年なのに俺よりかなり人間できてるなって思って、正直ちょっと焦ってるところあったけど、一コ上ならまあ仕方ないし」

「意味がわからないのですが？」

舞台の上の大女優みたいな迫力で眉をひそめた六花は、言葉にもいつもの切れが戻っている。どんな彼女でもいい、でもこういう六花がやっぱり一番だ。ちょっと声をあげて笑いすぎてしまって「失礼な男！」と最後にはわりと本気で怒られた。

「月曜日は、ちゃんと学校に行くから」

見送りに玄関まで出てきた六花は、小さな声で言った。明日は金曜日だが祝日だから、次に授業があるのは五月初頭の月曜日だ。六花は注射の順番待ちをしている子供みたいな顔をしていたが、それでも、行くと言ったなら彼女は必ず来るだろう。

「わかった、待ってる」

だからそれだけ答えた。それだけで十分だとわかっていた。

学校の授業では教えてもらえないことを知っていく。まったく違う人間同士がともに暮らしていく時、そこにはどうしても、闘わなければいけない時が来るのだということを。

それは相手を論破して打ちのめして再起不能にさせるための闘いではない。

おまえはこうなのだろう、だからこうあるべきだろう、と自覚や悪意なく押しつけられるものに、そうではないのだと声をあげる闘い。大事にするものも譲れないものもまるで違う人間同士が、せめて認め合うための闘い。

扉を閉ざされ、それでも窓を探す彼女が、彼女であり続けるための闘い。

考えよう。そんな彼女に、自分は何をできるのか。

第四章

五月最初の月曜日。いつもの電車の四両目に乗りこんだ伊澄《いずみ》は、まだそれほど混雑していない車両の中を歩いて一両目に移動した。

車両の奥に設《しつら》えられた車いす用スペースに、濃紺《こん》のブレザー姿の六花《りっか》がいた。声をかけたが反応がなく、よく見てみると、髪からのぞく耳にワイヤレスイヤホンがはまっていた。指で肩を軽く叩くと、ぱっと六花はふり向いて、左耳のイヤホンを外した。

「おはよう」

「おはよ。何聴いてんの？」

「何年か前に公開されたミュージカル映画の歌。大好きすぎて、この曲聴くために十回も映画館行ったの」

「へー……どんな曲？」

「世間のはみだし者の人たちが、自分をつらぬくために歌う曲。これが自分だ、って誇り高く歌うの」

伊澄が聴くのは大抵ロックで、ミュージカルは守備範囲外なのだが、興味をひかれてイヤホンを見ていたら、控えめな声で言われた。

「聴いてみる？」

さし出された片方のイヤホンと六花の顔を十秒くらい交互に見てしまってから、伊澄はそれを自分の左耳に差し込んだ。

六花がスマホを操作すると、ピアノの前奏が始まった。きれいでピュアで、少し心もとなくすらある雰囲気だ。流れ出した女性の英語の歌声も、暗がりでささやくように儚《はかな》げだった。けれど次第に歌声はバックコーラスも加わって、高らかに、力強くなっていく。これが自分と何度もくり返しながら、普通からこぼれ落ちた人々が誇り高く行進していく姿が見えるようだった。歌声に耳をすましているだけで、勇気が湧いてくるような気がする。

本当は、六花が心配でここに来たのだ。不安そうにしていたり、元気がないようだったら、何とかしなければと思っていた。だけど余計なお世話だった。歌を聴きながら窓を見つめる六花は、真摯《しんし》な横顔をしている。不安も恐れもあるのかもしれない。それでもことさら力むこともなく、殺気立つわけでもなく、覚悟を決めた目をしている。

「神様は扉を閉める時、別のどこかで窓を開けてくれるって」

まわりの乗客の耳障《みみざわ》りにならない程度の声を出すと、六花がこちらに顔を向けた。イヤホンは片方ずつ分け合っているから、歌を聴きながらでもお互いの声は聞こえる。

「渡辺《わたなべ》さんに聞いてから、俺も何か探そうって思ったんだ。中学までは俺の扉は走ることで、それは俺が自分でだめにしたけど、別のものがあるなら探してみようって、そう思って」

「うん」

「まだ見つかったわけじゃないけど、とりあえずこれから起きるひとつひとつのことをちゃんとやっていこうって、今思った」

六花は、なんとか理解しようと努力はしたのだがやっぱりおまえの言うことがちっともわからない、という心情がものすごく伝わる表情を浮かべた。さすがはミュージカルスターになるために演技の勉強を積んできただけはある。

「意味がわからないよ」

「うん。わかんなくていい」

綾峰高校《りょうほう》に入学が決まった時に決めたのだ。これからは何にも本気にならないと。クーリングダウンのジョグみたいに、何も目指さず、適当に毎日を流して生きていこうと。そうすれば、もう走ることにのめり込むあまり全部を台無しにしたような過《あやま》ちをくり返すことはない。

でもそれは結局のところ、もう傷つくのが嫌だったのだ。斜に構えて何もかもどうでもいいとうそぶいていれば、いつか何かを失う時が来ても、そんなに痛みを感じずに済むと思った。だけどそれは違うと、今は思う。どんな風に生きたとしても、失うことからも、傷つくことからも、痛むことからも、たぶん逃げることはできない。

けれど精いっぱいの力と誠意を尽くすことは、たとえ骨に食いこむ痛みを負うことになっても、きっと何かを残す。それはすぐに目に見えて手にとることのできる結果ではないかもしれない。だがほんの少しだけ先に続く希望のようなものが残るはずだ。

だから自分にできることをやってみよう、本気で。

「おはよう、渡辺さん！　ひさしぶりだね。風邪はもう大丈夫なの？」

綾峰駅に着くと、制服姿の長谷川《はせがわ》さんがスロープを用意して待っていてくれた。「おはようございます。もう大丈夫です」と六花は笑顔で応じる。長谷川さんは六花と一緒に降りてきた伊澄を見ると、すごくいい笑顔でうんうんと頷《うなず》いた。本当にやめてほしい、そういうの。

「長谷川さん、少しやせました？」

「おっ、わかる？　渡辺さんが心配でお腹《なか》が引っこんじゃったよ」

「えっ……」

「あ、ごめん、うそうそ。病院の先生に太りすぎって怒られちゃってね、ダイエットを始めただけだよ。でも、渡辺さんが元気そうでよかった。先週最後に会った時は、ちょっとだけ元気がないように見えたからね」

穏やかに笑いかけた長谷川さんは「さ、いってらっしゃい。少年、渡辺さんを頼んだよ！」と高校生二人をいつものように送り出してくれた。六花とホームの奥にあるエレベーターに向かって歩いていく。けれど急に六花が車いすを停止させた。さっとあざやかなハンドリム捌《さば》きで方向転換したかと思うと、スピードを上げてホームのほうに戻っていくので、どうしたんだと伊澄もあとを追いかけた。

「長谷川さん」

戻ってきた六花を見ると、スロープをケースにしまっていた長谷川さんは目をまるくした。

「どうしたの、渡辺さん。あ、電車に忘れ物？　それならね、まず事務室で手続き――」

「ちゃんと伝えたことがなかったけど、いつもスロープ、ありがとうございます」

長谷川さんは、ますます目をまるくした。

「いや――渡辺さん、お礼なんていらないんだよ。これがわたくし長谷川の仕事なんだから」

「でも長谷川さんが私ひとりのために嫌な顔もしないでスロープ出してくれるの、本当にありがたかったんです。……車いすを使うようになって初めてひとりで電車に乗った時、駅員さんに迷惑そうな顔をされたことがあって、本当はそれからずっと電車を使うのが怖かったんです。

電車通学をすることになった時も、また同じことがあったら嫌だなって、すごく憂鬱《ゆううつ》だった。でも入学式の日、待っててくれた長谷川さんが『おはようございます』って笑顔で言ってくれて、すごくほっとしました。――うまく言えないんですけど、とにかく、ありがとうございます。これからも、よろしくお願いします」

最後は彼女らしくもなく小さな声になり、六花は一礼した。そしてハンドリムを握って方向転換しようとしたところに、

「渡辺さん」

と長谷川さんが声をかけた。深くて落ち着いた、やさしいまなざしで。

「あのね、もしかしたらこの先も渡辺さんは、いつかどこかの駅で迷惑そうな顔をする駅員と会うかもしれない。その時、きっと渡辺さんは嫌な気分になるだろうし、かなしくもなると思う。でもどうか、失望しないで。渡辺さんが当たり前に電車に乗って好きなところへ行けるといいなって考える人はたくさんいるし、そのために働きかけて、少しずつ色んなことを変えていこうとしている人たちもちゃんといる。今渡辺さんに『ありがとう』って言ってもらった私も、もうすごくやる気が出ちゃったから、がんばろうと思う。だから渡辺さん、未来を楽しみにしててね。それがちゃんと素敵なものになるように、私たちががんばるから」

それから長谷川さんは「さ、今度こそいってらっしゃい！」と笑顔で手を振ってくれた。

教室に到着した時、まだ生徒の姿はまばらだった。

それでも先に来ていたとある男子生徒は六花を見ると「あ」という顔をしたし、とある女子生徒は「渡辺さん、もう大丈夫?」と六花の体調を気づかった。六花は「大丈夫、ありがとう」と笑顔で答えていた。

伊澄は窓際最前列の席で時間割を確認した。今日は六時間目がロングホームルームで、青嵐《せいらん》強歩の詳細なスケジュールや役割分担の確認を行うことになっている。

それまでにするべきことは二つだ。ひとつは、矢地《やち》に六花が保護者の付き添いなしでも青嵐強歩に参加できるように認めてほしいと交渉すること。もうひとつは、六花には青嵐強歩に参加しないでほしいと言ってきた彼女たちと話し合うこと。

今朝の空は明け方まで続いていた雨を引きずって曇《くも》っていたが、雲の間から降ってくる光は洗いたてのような金色だった。伊澄の席から見える第一グラウンドは地面に大小さまざまな水たまりができて、世界地図のようになっている。その向こうにある第二グラウンドの煉瓦《れんが》色の陸上競技用トラックは、雨の名残《なごり》を含んでいるんだろう、雲間から射しこむ光を反射して水晶の粉を撒いたみたいに光っていた。

中学のグラウンドのトラックを飽きずに走っていた頃、言葉や人の気持ちなんてもののことは考えたことがなかった。だが今は考えなければいけない。相手に文句をつけて食ってかかるんじゃなく、わかってもらうために、わかり合うために、どんな言葉をどんな風に伝えればいいのか。

今までろくにやってこなかったことを必死に考えていたせいで、まわりの音も耳に入らなくなっていたらしく、教室の後ろのほうで起きていたことに気づくのが遅れた。

「ごめん、あんなこと言って。嫌な思い、させちゃって」

喉《のど》の浅いところから絞り出す苦しげな声が聞こえ、伊澄はふり向いた。

廊下側の列の一番後ろ、六花の席の前に女子生徒が二人立っていた。ボブカットの小沢《おざわ》と、セミショートの西本《にしもと》だ。

二人はうつむき加減だった。例の話を六花本人に聞かれていた、それだけでも気まずいだろうし、その後に六花が続けて学校を休んだこともこたえたのだろう。自分たちのせいだ、と。話し合おうとしていた相手が先に六花本人に接触してしまったので、これはどうしたものかと伊澄は腰を浮かせたまま固まっていたが、

「謝らないで。謝ると何だかあれが悪いことみたいだけど、そうじゃないと思う」

六花は静かな顔つきで二人を見上げて言った。

「二人は私があそこにいることを知らなかったわけだし、それを抜きにしても、どんな風に感

じるかってことはその人の自由だと思う。もちろん、だから誰に何を言ってもいい、何をしてもいいなんて絶対に思わないよ。荒谷《あらや》くんのことを使おうとしたやり方も、私は嫌い」

「私も、あれは、かなりヤなやり方だったたってあとで思った」

小沢がぼそっと言うと、六花は表情をやわらげた。

「でも少なくとも、小沢さんたちが私と一緒の班になるのが不安でしんどいって思うこと、それは悪いことじゃないと思う。責められることじゃないと思う。私も自分がこうじゃなかったら、それで同じ班に車いすユーザーがいたとしたら、同じように思うかもしれない。前の私、けっこうそういうところあったから、二人の気持ち、わかる」

六花はまっすぐな目で小沢と西本を見つめた。

「ただ、二人がどんな風に感じても自由なのと同じように、私がどんな風に考えるかも、自由だと思う。確かに私は自分の足じゃ歩けないから、車いすを使う。そのせいでみんなのようにできないことも、誰かに助けてもらわなきゃいけない時もある。たくさん、ある。それでも、私だってこの学校の生徒だから、みんなと同じようにイベントにも参加したい。だってきっと絶対に楽しいし、卒業する時に思い出を持ってここを出ていきたい。みんなと同じように」

「うん……」

六花の言葉のまっすぐさにつられたように、西本が頷いた。隣で小沢が口を開く。

「私も渡辺さんの気持ちわかる。やっぱみんなで何かするの好きだし、思い出とかって大事だと思うし。ただ、もう聞かれちゃったからもう一回言うけど、渡辺さんに何かあった時、どうしたらいいのかわかんないんだよ。そういう介助みたいな技術とか、知識とか、うちらほんとに何もないから。だから、渡辺さんにも、うちらと同じように楽しんでほしいってほんとに思うけど、荷が重いって思っちゃうのもほんとなの」

「なに？　青嵐強歩の話？　だめだよ、そんな冷たいこと言ったら。差別だめ、絶対」

笑いまじりに言葉をはさんだのは、六花の斜め前の席に座る男子生徒だった。要所要所で笑いをとっていく盛り上げ役で、謙信《けんしん》がたまに「俺とキャラかぶってる」と愚痴《ぐち》るやつだ。

六花は、例の気高い女王のようなまなざしで男子生徒を見つめた。

「そういう風に言わないで。小沢さんたちは私と真剣に話してくれてるし、だからこれは差別じゃない。その言葉は、簡単に人に向けないでほしい」

たじろいだように彼が口をつぐむと、六花は改めて小沢と西本と向き合った。

「荷が重いっていうのもわかる。私も時々、私でいることに疲れるから」

こんな私は私じゃない、本当の私に戻りたい——涙を浮かべながら吐き出した六花の声を、伊澄は思い出した。

「私、そういう訓練をかなり受けたし、自分のことはほとんど自分でできるつもりだけど、誰かの手を借りなきゃどうしようもない時がある。それが青嵐強歩の時に起きないとは言えない。だから小沢さんの言うことも合ってるの。でも、それでもやっぱり挑戦してみたいって思う。だから私、班は別のところに入れてもらう。ただ、さくらのこと、お願いできるかな？　武井《たけい》さんと仲良くなれたから、同じ班に残してほしいの」

「力石《りきいし》さんのことはいいけど……でも渡辺さん、別のところってさ」

「――わたし、六花ちゃんと、同じ班になります」

それは震えた、かぼそい声だった。

いつの間にか、さくらが教室後ろ側のドアに隠れるように立っていた。びっくりしているのは伊澄だけではなく六花たちもで、さくらはうつむきがちに入ってくると、通学用リュックのベルトを両手で握りしめた。

「わたし、六花ちゃんと一緒にいます。わたし、グズだからうまくできないかもしれないけど、六花ちゃんが困ったことになったら手助けします」

「さくら。大丈夫だよ、そんなに気を遣わなくていいから。私、単独行動に慣れてるし」

「わたし、小学校からずっと、いじめられてて」

それはやはり震えていたが、彼女にしてはくっきりとした声だった。

「どうしてかはわからないけど、いつでも、どこに行っても、わたしは誰かに『うざい』とか

『いなくなれ』って思われるみたいで、小学校でも、中学校でも、無視されたり、わたしだけ知らないクラスのSNSで悪口を書かれたり、何回もそういうことがありました。だから高校は知ってる人のいないずっと遠くのところに行こうって決めて、今はおばさんのうちに下宿しながら綾峰高校に通ってます。入学式の日、心臓が口から出てくるくらい、怖かった。またここでもいじめられたら、もうどこにも行けないから。でも、六花ちゃんがいて、わたし」

さくらの大きな目に涙がいっぱいに溜まり、頬《ほお》にこぼれ落ちた。

「わたし、思ったんです。六花ちゃんは——障がい者だから。だから、わたしが助けてあげる人になれれば、いつも一緒にいてくれるって。もし強い誰かに嫌われても、ひとりぼっちにはならなくていいって。わたし、六花ちゃんのこと、利用してました」

ごめんなさい——消えてしまいそうな声でささやいて、さくらはうなだれた。

「わたし、こんないつも自分のために怖がってばっかりのだめなやつなのに、六花ちゃんは、いつもわたしのこと考えてくれる。わたし、ほんとは青嵐強歩の時も、六花ちゃん車いすなのに大丈夫なのかなって、何かあってわたしのせいになったらやだなって、そんなこと思ってたのに——」

「そんなのいいよ、さくら。それを利用っていうなら、私もさくらを利用してたから」

濡れた目を上げたさくらに、六花は穏やかに笑いかけた。

「さくらは、ごめんね、ちょっと気が弱くて、自信がなくて、人にノーって言うことが苦手でしょ。だから、この子と一緒にいれば困った時に助けてもらいやすいなって私も思ってたの。私は、どうしても、それがどんなに嫌でも、誰かに助けてもらわなきゃいけない時が絶対にあるから。さくらだったら、その時私が頼んだら断らないで手を貸してくれると思った。計算してるのも、利用してるのも、さくらだけじゃないよ。むしろ、さくらの利用なんて、私に比べたら可愛《かわい》いものだよ」

それにね。六花はほほえみかける。

「計算でも、利用でも、委員会を決める時にさくらが『よかったら名前書いてくるよ』って言ってくれて、私はすごくうれしかった。私はみんなと同じようには簡単に黒板に名前が書けないけど、でもそれは私が声に出さないとなかなか気づいてもらえなくて、ああ、また誰かにお願いして助けてもらわなきゃいけないんだなって憂鬱になってた時に、さくらが声をかけてくれた。それがすごくうれしかったことと、私が助かったことは、なんにも変わらない」

くしゃっとさくらが顔をゆがめた。

「――わたし、毎日学校に来るのが、人といるのが、生きるのが、すごく怖い。ひと言しゃべるたびに、誰かのことイライラさせたらどうしようって、またいじめられたらどうしようって、息が止まりそうになる。なんでほかのみんなはあんなに上手に生きられるんだろう、どうしてわたしはそうじゃないんだろうって、いつもすごくうらやましくて——六花ちゃんも、車いすだけど、でも全然弱くなくて、自分の意見をはっきり言えて、いいなって思ってた。もとから強い人なんだって思ってた。でも、そうじゃないんだよね」

ぽろぽろと涙をこぼしながら、さくらは六花を見つめた。

「六花ちゃんも、傷つくし、不安になったりするし、誰かに自分の意見を言う時も、勇気を出してるんだよね。そういう六花ちゃんを、かっこいいと思う。わたしは、六花ちゃんみたいになりたい。でもたぶんそれは十年とか二十年くらいかかると思うから、今は、青嵐強歩で六花ちゃんの手助けをできるようになりたい。六花ちゃんがわたしのこと、いつも忘れないで気にかけてくれるみたいに——」

しゃくりあげながら、さくらは必死に涙を止めようと両手の甲で目もとをぬぐう。六花は手を伸ばして、さくらの背中をやさしく叩いた。

「えっと、どうしたのかな？　入っても大丈夫かな？」

黒板側のドアから顔をのぞかせたのは、今日も前髪がおしゃれに決まっている謙信だった。その後ろには田所《たどころ》とほかのクラスメイトも数人いて、教室内のいつもと違う雰囲気に困惑している様子だ。窓際の列までやってきた謙信は、六花やさくらたちを視線で指しながら「何か揉めてんの？」とひそひそ声で訊《たず》ねてきた。

「揉めてるっていうんじゃなくて」

「もしかして渡辺が青嵐強歩に出るとか出ないとか、誰が同じ班になるかとかの話？　先週、女子がひそひそやってたけど」

謙信のあとについてきた田所が、軽く顔をしかめた。田所とは清彦《きよひこ》をめぐって体育の時間に揉めたこともあったが、今はもう普通に付き合っている。

「渡辺が車いすだからって揉めてんなら、俺が渡辺と同じ班になろうか？　俺んち父親が車いすだから、階段の上り下りとか、その程度の介助ならできるけど」

え、とびっくりした伊澄以上に「え！」と大きく反応したのは謙信だ。

「田所んち、そうなの？」

「うちの父親は渡辺と違って事故だけど。けど普通に仕事行って、普通に趣味やって、普通に暮らしてるし、別にたいしたことじゃねえよ。騒ぎすぎ」

田所は伊澄のほうに視線を寄こした。

「おまえ、渡辺と仲いいんだろ。うちの班に入れれば？　人数オーバーがまずいなら、謙信をあっちにやればいいじゃん。武井がいるから喜ぶだろうし」

「ああ、まあ……」

「待て待て！　なんで勝手に俺をトレードに出そうとしてんの？　いくら俺だって女子の中に

男子ひとりだけってつらいからな」

「てかさ、車いすだからって班変えるとか、ひどくない？　差別じゃないかな、それ」

ぼそっと声を発したのは、中央の列に座った女子だった。彼女は教室中から注目されて気まずそうに顔をうつむけたが、彼女の隣の席の女子が加勢した。

「追い出すみたいでちょっとひどいなっていうのは、私も思った」

「は？　うちらが悪いってこと？」

小沢が目つきを険しくする。

「いや悪いっていうか」

「そう言ってんのと同じじゃん」

「やめなよ、渡辺さんそこにいんのにさ。女子こえー」

軽い口調でとりなした近くの席の男子は、小沢ににらみつけられると「うお……」と顔を伏せた。

「差別とか思うなら自分がやれば？　外から文句だけ言うのほんとうざいんだけど」

「別に文句なんか言ってないでしょ。自分が悪者になりそうだからってキレるほうがうざいんだけど」

「どうしたの？　教室の外まで聞こえてるよ？」

やわらかい声に、一触即発の雰囲気だった小沢たちが言葉を切った。

黒板側のドアから入ってきた彩香《あやか》は、中央の列の自分の席に通学バッグを置きながら「どうしたの?」と近くにいた女子生徒に訊ねる。ひそひそ声で事情を伝えられた彩香は、困ったような笑みを浮かべ、廊下側後ろの六花の席に歩いていった。

「六花ちゃん、おはよ。もう体調は大丈夫?」

「うん、もう全然」

「そっか、よかった。ごめんね、なんかややこしいことになってたみたいで。でも六花ちゃんは私たちの班だし、当日もみんなでサポートするし、大丈夫だから」

「けど彩香——」

「大丈夫だから。それに六花ちゃん、親御さんが付き添いしてくれるんでしょ? それなら」

「まだそれ、決まったわけじゃないんだ。付き添いなしでも参加できるように、先生と話してみるつもりで」

六花の意思のないところで決められてしまいそうな気配を感じて、すばやく言葉を割り込ませた伊澄を、彩香は眉をひそめながらふり向いた。

「付き添いなしって、どうして?」

「親が付き添いするなら、仕事を休んでもらわなきゃいけなくなる。でもそれは大変だし、俺たちは付き添いなんてないのに渡辺さんだけは必要っていうのは、おかしいと思う」

「おかしいかな。それは仕方のないことなんじゃない？　確かに普通の人なら付き添いなんていらないけど、でも六花ちゃんは事情が違うんだし」

「それ、渡辺さんは普通じゃないって意味？」

ただでさえ愛想のない声が硬い響きになるのがわかった。彩香は、かすかな苛立《いらだ》ちを浮かべて視線を尖《とが》らせる。

「そんなこと言ってないし、思ってもいないよ。差別してるみたいに言わないで。私だって六花ちゃんには楽しんでもらいたいって思ってる。でも今、実際にこんなことになってるでしょ？　六花ちゃんのお父さんかお母さんが付き添いをしてくれたら、私たちも安心できるし、六花ちゃんも一緒に青嵐強歩に出られる。どうしてそれじゃだめなの？　何がいけないの？」

教室中がしんとした。空気が緊張をはらんで張りつめ、隣のクラスから聞こえてくる平和なざわめきが、いっそう沈黙を重苦しく感じさせる。誰かが小さく咳《せき》をした。この教室だけ酸素が薄くなってしまったみたいに。

「――差別って」

沈黙を破ったのは六花だった。

「さっきから何度か出てる言葉だけど、小沢さんが私と同じ班になるのがきついっていうのは、私は差別されてるとは感じないんだ。もちろん、そう言われて傷つかないわけじゃない。でも小沢さんは正直に自分の気持ちを伝えてくれたし、私も小沢さんの言ってること、それはそうだなって思うし、私の話もちゃんと聞いてくれる。それは差別とは違うと思うの」

舞台に立つことを夢見て努力してきた六花の声は、張り上げなくとも明瞭《めいりよう》に通る。ことさら熱く訴えるわけではなくても、惹《ひ》きつけられて、自然と誰もが耳をすます。

「私は、車いすユーザーで障がい者だけど、だからって世の中の障がい者の代表なんかじゃない。私には私が生きてきて体験したことしかわからないから、私のことを話すけど――差別ってもっと、こっちを置き去りにされることだって気がするの。去年、ひとりでバスに乗ろうとしたら『無理です』ってひと言だけで断られたことがあって。あの時は、すごくかなしくなった」

「……そういうのよく聞くけどさ、正直わかんないこともなくない？　車いすの人を乗せるのってやっぱ大変だし、時間かかるし、そうするとバス遅れるし、乗ってる人たちも待たせるし」

「それは、あの、バスを遅れさせない、乗ってる人を待たせないためなら、車いすの人を乗せなくても仕方ないっていう考え方のほうが、違うんじゃないかな」

遠慮がちに異論を唱えたのは、いつの間にか登校してきていた清彦だ。

「おれは渡辺さんと同じ中学だから、渡辺さんが病気で歩けなくなった時、一年上の先輩が車いすになったらしいって話は聞いてた。渡辺さんのこと、学校で見かけたこともある。俺たちのいた中学、エレベーターがなかったから、渡辺さんは三階にある教室に通えなくて、一階の特別教室で授業を受けなきゃいけなかったんだ。うまく言えないけど、おれたちの暮らしてる世界って、自分で問題なく歩ける人用の形で作られてるんだなってその時に思った。でもそれだと、不便になっちゃう人が本当はいっぱいいて、それは今の形に適応できない人が悪いわけじゃなくて、基準にする形が、あの、間違ってるんじゃないかな」

「なんか、それ、ちょっとわかる」

ぽつりと言ったのは、小沢と一緒に六花のそばにいた西本だ。

「うち、お父さんが再婚して、最近妹が生まれたんだけど」

「え、初めて聞いたんだけど」

「なんか恥ずかしくて。でも妹は、もうほんとめちゃくちゃ可愛いの。だけどお母さん見てると、大変だなって思うことも多い。この前お母さんと一緒に電車乗ったんだけど、ベビーカーってけっこう大きいじゃん。ちゃんと車いすとかのスペースにいたんだけど、電車が混んできてぎゅうぎゅう詰めになったら、そばにいた誰かが『邪魔くせぇ』って聞こえるように言ってきてさ。お母さん、すごい落ちこんじゃって『混雑する時間帯に乗って申し訳なかった』って言うんだけど、そうなの？　電車っていつでも誰でも乗っていいんじゃないの？　お金だってちゃんと払ってるし、おかしくない？　って思って」

「それはおかしい。邪魔にされることがおかしい」

　誰よりもすばらしい反応速度できっぱりと断じたのは六花で、これにはクラス内のけっこうな数の女子も頷いた。頷く男子もけっこういた。同じだけ、あまりぴんとこない面持《おもも》ちの生徒も男女問わずいた。

「でも、そういうのとか渡辺さんのことは、差別とは違くない？　差別ってヘイトスピーチとか、ああいうのじゃないの？　私はかなり遠くの駅から電車使ってるから、『邪魔くさい』って口に出すのはひどいと思うけど、やっぱぎゅうぎゅう詰めの中にベビーカーがあったら口に出さなくても同じこと思ってる人ってかなりいるなって思うし、でも別に攻撃してるわけじゃないでしょ？　バスの話だって、バスが遅れたら運転手さんとかがクレームつけられるわけだし、だったらそっちへの気遣いは必要ないの？　なんかこう、優遇してもらって当たり前って態度とか、何かっていうとすぐに差別って言っちゃうのとか、それもどうなの？　って正直思うんだけど」

　とある女子生徒の発言に、何人かのクラスメイトが頷いた。

「青嵐強歩のことも、こんなに大げさに話さなくても、渡辺さんが出たいなら出ればいいじゃない？　私、別に気にしないよ」

「そのさ、別に気にしないって、なんか違くね？」

彼女の近くの席の男子が、喉に何か引っかかっているような顔つきで言った。

「違うって何が？」

「うまく言えないけど、『別に気にしない』って、おまえは好きにしたらいいよ、その代わり俺は何もしないし迷惑かけんなよって言葉じゃん。突き放すっていうか」

「別にそういう意味で言ってるわけじゃ……」

「そもそもさ、差別っていうなら青嵐強歩自体がだめなんじゃない？　さっき形って話が出たけど、思いきり普通に歩ける丈夫な人用の行事だよね。だったら廃止すればいいんじゃないかな？　それか、参加したい人だけ参加するようにするとか」

「あ、廃止賛成。俺も正直、そんな歩くだけの行事の必要性って何？　って思ってた」

「待って、話し合ってるのってそういうことじゃなくない？」

クラスメイトたちが思い思いに口を開き始め、青嵐強歩の廃止という案まで出てきた。伊澄は六花のほうをうかがった。六花もとまどった表情を浮かべている。

「渡辺さんは」

少し声を張ると、六花がこちらに顔を向け、ざわめきがいくらか静まった。

「青嵐強歩が廃止されればいいって思う？　普通に歩ける人のことしか考えてない行事だって

いうのは、確かにそうかもって俺も思う」

「ううん……廃止してほしいなんて思わない。何十年も続いてきて、やってよかった、参加して楽しかった、って大切に思ってる人だってたくさんいる行事でしょ。なくしてほしくなんかないよ。たとえロッククライミングみたいに私が参加することは百パーセント無理なイベントだとしても。私は、自分ができないことはなくなってほしいって思ってるわけじゃない。私も綾峰の生徒だから、なるべくみんなと一緒にイベントに参加したい。そのための努力をさせてほしいし、自分の足で歩けないからって、もう自分ひとりじゃ何もできない人間のように扱わないでほしい。それだけなの」

六花は、かなしげに睫毛《まつげ》を伏せた。

「私、病気になるまでは朝起きたらごはん食べて学校に歩いて通ってた本当に普通の人間で、それは今も変わってないつもりなんだよ。車いすを使うようにはなったけど、ほかは何も変わってない。本当に、なんにも。なのに――どうしてなんだろう。前とは同じように見てもらえないことがすごく多いし、私が差別されるだけじゃなく、私自身が暴力みたいになることもある。さっき私に意見を言ってくれた人が『差別だ』って言われたみたいに。私は歩けなくなったこと以外は何も変わってないし、できないことももちろんあるけど、できることは自分の力でやりたい。そういう私に反対意見を持つ人もいると思う。それは全然いいの、だってそんなの当たり前のことだから。一番苦しいのは、話し合うこともさせてもらえないまま、私がそうしてほしいのとは別の方向にどんどん決められちゃうことなの」

六花の言葉を聞くうちに、うっすらと自分の中で形をなすものがあった。

「俺、渡辺さんは青嵐強歩、出ないもんだと思ってたんだ。渡辺さんは車いすユーザーだから四十キロ近くも歩くようなイベントなんて出ないだろうって、最初から思い込んでた」

それもきっと、六花の意思を置き去りにして決められてしまうもののひとつだ。

「差別って何なのかって聞かれると、俺もよくわからない。でも何が差別なのかって考えてみると、俺が思い込んでたことは、差別なんじゃないかって思う。相手の意思をちゃんと確認しないで、決めつけて、話し合うこともしないでバタンって扉閉めるみたいな、そういうの」

伊澄は、六花のそばに立ったままの彩香に顔を向けた。

「渡辺さんが青嵐強歩に出るなら親が付き添わなきゃいけないっていうのも、渡辺さんと話し合って決められたことならまだ納得するけど、一方的に決められて『そうじゃないとだめだ』って言われたから、もやっとするんだと思う」

「でもそれは、仕方ないんじゃないの？　だって、申し訳ないとは思うけど、六花ちゃんが障がい者なのはやっぱり本当で、それはどうしようもないことでしょ」

「物事が問題なく進むために、誰かが犠牲になってることを『仕方ない』で済ませようとするのが差別なんじゃないかって、俺は思う」

彩香が傷ついた色を目によぎらせた。

登校時間の締め切りを知らせるチャイムが鳴った。ほとんど間を置かずに黒板側のドアが開き、担任の矢地が出席簿と筆記用具を抱えて入ってきた。窓際や友達の席に集まっていた生徒たちはあわてて自分の席に戻ろうとしたが、

「差別、というのは」

教壇に立った矢地が声を発すると、全員が動きを止めた。

矢地は、普段の潑溂《はつらつ》として高らかに話す彼女らしくもない、とつとつとした口調で続ける。

「さまざまな形があると、私は思っています。対立する民族を虐殺《ぎゃくさつ》する、ヘイトスピーチを行う、ネットに自分は名を隠したまま誰かを貶《おとし》めるための誹謗《ひぼう》中傷を書き込む──そういう強い攻撃の意思に満ちた差別も、もちろん世界には多く存在します。そしてここにいる私たちの大半は、自分はそんなひどいことはしていないし、これからもするはずがないと思っています。でも、そんな私たちが無自覚に行っている差別も実はたくさんあるのではないかと、私は思います」

そこで矢地は言葉を切って、中途半端な場所や恰好《かっこう》で固まっている生徒たちに「座ってください」と声をかけた。ガタガタと椅子《いす》を動かす音がおさまってから、矢地は改めて教室の生徒

たちを見渡した。

「本当はもう少し前から教室の前にいたんですけど、みなさんの話が聞こえて、しばらくそのまま聞いていました。一時間目は私の授業ですが、もしよかったら、このまま話を続けさせてください。今日のロングホームルームと授業を入れ換える形で対応しようと思うので……いいですか？」

いい、という返事はなかったが、だめだという意思表示もなかった。生徒の沈黙に慣れている矢地は頷き、何かの準備体操みたいに教卓の上に置いた出席簿や教材を几帳面《きちょうめん》に整えてから視線を動かした。廊下側一番後ろの席の、六花に。

「渡辺さん」

「……はい」

「青嵐強歩に参加する場合、親御さんに付き添っていただく必要があるという話。ごめんなさい、やっぱり変更はできません。学年主任とほかの先生方、教頭先生や校長先生とも話し合ったんですが、学校側も生徒のみなさんを預かる以上、行事中の安全に細心の注意を払わなければいけない。でも、これまでに学校の野外行事に車いすユーザーの生徒が参加した例はなくて、恥ずかしいけどはっきり言ってしまうと、私たち教師もどうすればいいかよくわからないし、付け焼刃《やきば》の勉強で渡辺さんの安全をしっかり守れるという自信がないんです。だからきちんとした知識と経験のある親御さんに付き添っていただきたい。そういう結論になりました。力及ばず、ごめんなさい」

六花は目を瞠《みは》りながら「いえ」と首を横に振る。矢地がその件について何とかならないかと動いてくれていたこと、それにただただ驚いているという様子だ。

「物事を問題なく進めるために、誰かが犠牲になっていることを『仕方ない』で済ませようとすることが差別ではないか、という意見がありました。私もその通りだと思います。私も自分がそれを行ったことを覚えています。とても、耳の痛い言葉です」

矢地は目を伏せ、言葉のひとつひとつを嚙《か》みしめるように続ける。

「みなさんも高校一年生で、もう薄々わかってきていると思いますが、世の中はきれいごとで済まないことがたくさんあります。みなさんの手本であるべき大人も卑怯《ひきょう》な真似をすることがあるし、大人が自信満々に言うことが間違っていることも往々にしてあります。何が本当で、何が正しく、何を大切にするべきか。それは、みなさんが自分で考えていかなければなりません。わけがわからなくなるほどたくさんの事情が絡み合って、情報があふれるこの世の中で、それについて自分はどんな立場を取るか、どう行動するのか、あるいは何をしないのか、自分で考えて選択しなければならない。学校は、本当はそのための力を身につけていく場所だと思います。そんな場所で働きたいと思って、私は『先生』になりました」

全然、ちゃんとできてないけど——自嘲《じちょう》するような笑みを浮かべた矢地は、表情を引き締めて自分の生徒たちを見渡した。

「私の理想の学校では、生徒であれば誰でも平等に教育を受けられるし、行事にも参加できます。何も問題なんてなく、みなさんは友達と楽しく毎日をすごすことができます。でも、現実はそうじゃないですよね。きっとみなさんはこの狭い学校の中でさえ人間関係や勉強のことで悩んで、毎日少しずつ傷ついたり、かなしい思いをしたりしている。そして、生徒なら誰だって参加できるはずの行事に、条件付きでなければ参加できない人もいる。それについてさっきまでみなさんは話し合っていましたが、それさえも意見がバラバラで、私たちが理解し合うのは本当に難しいことです。でも、みんなバラバラで考えが違うということは、絶望ではありません。結果はどうであれ、対話し、わかり合おうとする思いがある限り、それは困難であっても、絶望にはなりません。私はそう思います」

差別とは、と矢地がまっすぐなまなざしで言った。

「相手を何とかわかろうとする意志を、手放した時に始まるものなのだと思います。そこにいる人を、心と人生を持ったひとりの人間としてではなく、自分を不愉快にさせる何か、自分に面倒くさい思いをさせる何か、自分を不安にさせる何か、そう見なして、正当であるのはこちらで間違っているのはあちらだと思考を停止させた時、私たちはそれを行ってしまうのだと思います。大変な思いをしたくない、自分が責任を負いたくない、そうして自分を守るためにそこにいる他者の尊厳から目を背けた時、私たちはすでにそれを行っているのだと思います。私たちは善良ではありません。自分が損をしないためなら、簡単に人の痛みから目を背けることができる。その瞬間は後ろめたくても、罪悪感は一秒ごとに薄れて消えるし、我慢を強《し》いられる誰かから目を背けたことも、イヤホンから流れる曲を聴き終える頃には忘れられる。でも」

　矢地の声が、これまでで一番強く響いた。

「どうか少しだけでいい、常に目の前にいる人の気持ちを想像してほしい。抱えている痛みを思いやってほしい。もちろん人より自分のことを優先するのは当然です。自分の人生なのだから。それでも、自分のために生きながらも、誰かに少しだけ自分の力を貸すことを惜しまないでほしい。ほしい、としか言えないんです。良心も、思いやりも、強制することは絶対にできないんです。みなさんにそういう大人になってほしい、と願うことしか私にはできません。でも、どうか、この世界にはそれぞれにまったく違うたくさんの人が生きていることを知ってください。それをいつも頭のかたすみに置いて、出会う人のひとりひとりに敬意を払い、誠実に接せられる人間に、みなさんはなってください」

　教室内は、シャーペンの芯が一本落ちてもはっきりと音がしそうなほど静かだった。でもその沈黙の中で、高校生たちがそれぞれに何かを深く考えていることは伊澄にもわかった。

よく自分たちは、未来があるとか、未来を担《にな》うとか言われる。でも正直毎日のニュースを見ていると、未来なんてそんなにいいものに思えないし、それを担えと言われても荷が重い。けれど、もし矢地が「なってほしい」と言ったような人間に自分たちがなることができたなら、そこは少しだけ明るくなり、色んな事情を抱えたさまざまな人が少しだけ心地よく生きられるようになるのかもしれない。誰もがそうなることができたなら、それはそんなに悪いものではなくなるかもしれない。

教壇に立った矢地がこちらを見たので、伊澄は背すじを伸ばした。

「青嵐強歩のことですけど、班を変えるんですか?」

「もう一回、組み直したほうがいいと思ってます」

「わかりました、じゃあお願いします。急がなくていいので、よく話し合ってください」

矢地と入れ違いに教壇に立った伊澄は、廊下側の最後列、六花を見た。

結局、彼女が親の付き添いなしで青嵐強歩に参加することはできない。それでも六花に悲嘆は見えなかった。晴れやかとは言わないが、何かを得たような顔をしていた。

この世界はカラフルだ。

気が遠くなるほど色んな人がいて、誰もがそれぞれの事情と思惑を抱えて生きている。同じものはひとつとしてない。そのなかで自分と似た色を見つけて安心することも、まるで違う色に惹かれることもある。どこまでいっても交わることのない違いに孤独になることも、傷つくことも、傷つけてしまうことも。違うということを認められずに攻撃し合い、ぐちゃぐちゃの暗黒の色をあたりに塗りつけてしまうことも。

このクラスにいるたったこれだけの人数ですら、こんなにも感じ方も考え方も違うのだ。わけがわからないほどたくさんの意思がもつれ合うこの世界では、きっと十年後だって車いすユーザーが困ることは多いし、ベビーカーが邪魔にされることはなくならないのかもしれない。

だけど、よりよく変わってほしいという願いは、自分たちの中にあるはずだ。

未来を楽しみにしてくれと六花に言ってくれた長谷川さんのように、その願いに応《こた》えてくれる人もいるはずだ。

世界がカラフルであることは、いいことであるはずだ。

自分とは違う色の尊厳から目を背けず、わかり合おうとすることをやめない限り。

＊

青嵐強歩の前日、伊澄が自宅に帰ってくると、いつもより気合いの入ったギャルファッションの町子《まちこ》さんが、仁王《におう》立ちで待ちかまえていた。

「おかえり伊澄くん！　さあ、手をよく洗ったらエプロンを着けて。一緒に明日のお弁当のおかずを作るわよ」

「いや、明日の朝に卵焼きとか適当に作るんで大丈夫です。あと冷凍のから揚げとか」

「何を言ってるの、伊澄くん。明日のお昼休みは例の子と一緒に食べるんでしょ？　いいこと伊澄くん、その時彼女はあなたのお弁当であなたという人間を判断するの」

「弁当で人間の何が判断できるんすか」

「ともかく町子さんが男子高校生らしいけどそれなりに技巧もありつつスタイリッシュで見栄えするメニューを考えたから、それを作りましょ。それでね、明日お昼休みに伊澄くんのお弁当をのぞいた彼女が言うわけ。『伊澄くんのお弁当、おいしそー！』」

「そんな風に呼ばれてないし、そんなしゃべり方する人じゃないんで」

「そしたら伊澄くんはこう言うの――『そう？　自分で作ったんだ』。これで伊澄くんの株価はうなぎのぼりの最高値更新間違いなしよ！　家事ができる、する意志のある男子は、将来の結婚相手としてポイントが高いから！」

「ただいまー、ってなになに、結婚？　町子ちゃん結婚するの!?　相手は誰、もしかしてこの前デートしたって言ってた駅ビルのインドカレー店のシェフ？」

　三十五歳のギャルと四十歳の元ヤンキーにやいのやいのと言われながら作ったおかずを、朝五時に起きて使い捨て容器に詰め、伊澄は普段より一時間早く自宅を出た。服装は学校指定のジャージで、インナーはできあがったばかりのクラスTシャツだ。地底湖みたいに深いブルーに、田所がデザインした一年C組のロゴをプリントしたTシャツは、ちょっとびっくりするくらいカッコいい仕上がりになった。つい一昨日にこれが届いて教室で段ボール箱を開けた時にはクラス中が盛り上がった。

普段より三本早い電車に乗り込み、四両目から一両目に歩いていくと、車いす用スペースに水色の車いすが停まっていた。母親と一緒に車で学校に来たほうが早いし楽じゃないか、と伊澄が言ったのは昨日のことだが、

「早いとか楽とかの問題じゃなく、私は電車に乗るのが好きなんです。ひとりで電車に乗って学校に通う一日一日を大切にしたいんです、おわかりですか？」

と迫力満点の滑舌で言われた。どうしていつもいきなり敬語になるんだろう。謎だ。

「おはよ」

声をかけると、ぱっとふり向いた六花は「おはよ」と言いながら耳にはめていたワイヤレスイヤホンを外した。かすかに楽器演奏が漏れ聞こえた。

「今日は何聴いてるの？」

「『メモリー』。これ聴くと、落ち着くから」

それはつまり、六花は落ち着きたい心境にあるということだ。

「トラブルが起きないかって緊張してる？」

「それもないわけじゃないけど——今日と明日は、母が一緒だから」

結局、青嵐強歩の二日間は六花の母親が同行することになった。ただ同行といっても、常にぴったりと六花のそばにいるわけではなく、生徒の移動に合わせて各休憩ポイントで待機し、何かあった場合には母親が車で駆けつける、ということになった。六花が少しでもほかの生徒と同じようにイベント参加できるように、矢地が学年主任や教頭と交渉してそういう形にしてくれたらしい。夜は伊澄たちと同じく、六花の母親も綾峰青少年の家に宿泊する。

「お母さんが一緒だから？」

「話したよね。私が歩けなくなったばかりの頃、母にひどいことをたくさん言って、それで母はストレスでパンクして今は別々に暮らしてるって」

その話を聞いたのは、六花の自宅を訪ねた時だった。六花の母親は自宅の近所のアパートに住んでおり、朝は車で六花を駅まで送ってくれるし、仕事が終わると夕飯を作りに来てくれるが、夜は必ずアパートに帰るという。

「もう二年近く、母と一日じゅう一緒にいたことなんてないの。大晦日《おおみそか》も、お正月も、夜は母が借りてる部屋に帰るから、同じところに泊まるのもすごく久しぶりで」

「でも渡辺さん、別に嫌じゃないんだろ」

「嫌じゃないけど……なんか、母と何を話したらいいかわかんない。母がどう思ってるかもわかんない。もしかしたら、すごく嫌なのに無理して引き受けてくれたのかも。母親だから、娘だから、しょうがないって。でも無理したせいでまた具合が悪くなったりしたら――」

どんどん深刻な面持ちになっていく六花を、伊澄は意外な気持ちで見ていた。世界を股《また》にかけるミュージカルスターとなるために、一生分のお年玉もプレゼントもかなぐり捨てて、すさまじい努力で自分を鍛え上げてきた豪傑も、こんな不安で仕方ない小さな子供みたいになってしまうことがあるのか。

「本当は父に頼もうと思ってたんだけど、仕事が休めなくて、それもあって母も無理して――」

「あのさ」

「え？」

「それ、いくら考えてもわからないことだから、もう考えるのやめたほうがいいよ。渡辺さんは渡辺さんのお母さんじゃないから、お母さんが考えてることは絶対にわからない。今渡辺さんの頭の中にあるそれ、全部渡辺さんの想像だから。しかもだいぶマイナス寄りの」

六花は、びっくりした子猫みたいな顔をしている。

「中学で陸上部に入ったばっかりの頃、俺も走る前に色々考えこんじゃうくせがついてた時期があったんだ。タイム上がらないし、むしろじわじわ落ちてくし、焦ってたら友達に言われた。過去のことを思い返してもそれはもう絶対修正できないし、まだ来てもない未来のことを考えても絶対にそこに手は届かない。今からの一秒間だけが自分でどうにかできるものだ、って。これ、けっこう今でもお守りになってる。渡辺さんも、昔のこととか、考えてもわからないお母さんの気持ちとかを想像して落ち込むより、今日と明日、けがしないで楽しく歩くことを考えたほうがいいよ。そのほうが、お母さんも付き添いする甲斐《かい》があると思う」

六花はますます目を大きくしていたが、苦々しい表情を浮かべた。

「年下に諭《さと》されるなんて、私もまだまだだね」

「そのさ、俺が年上扱いすると微妙にキレるのに、自分は年下扱いするのは何なの？」

「わかったよ、勝手にひとりで妄想するのはもうやめる。私だって舞台女優を目指してたんだから、メンタルコントロールはその気になればきちんとできるの」

六花は気位の高い女王様のようにツンと顔を上げた。それを見て伊澄は笑った。こういうところが、いい。

今日は一日中歩きどおしのイベントにふさわしく、空は朝から胸がすくような青に晴れ渡っていた。いつもより早い時間帯に見る街並みは、清潔な朝の光に洗われてきらめいている。

「中学生の荒谷くんにその名言を授けてくれた友達って、もしかして、前に話してくれた一番仲のよかったチームメイト？」

「……うん。速水《はやみ》ってやつ」

「かっこいい人だね」

「うん」

「元気でやってるといいね」

伊澄は真っ青な空に友人の顔を思い描きながら、うん、と呟いた。


集合時間の六時四十分には昇降口前のスペースにジャージ姿の一年生がみっしりと整列した。伊澄はC組男子の点呼を取り、女子の点呼を取った彩香から全員いることを確かめて、担任の矢地に伝えた。

校長のやたらと「えー」の多い挨拶《あいさつ》が終わり、学年主任が出発を宣言し、朝七時きっかりに一年A組からスタートした。歩道の幅に合わせて生徒の列は細長くなっていく。B組の最後尾に、C組先頭の伊澄は並んだ。伊澄の班は、田所、清彦、六花、さくらの計五人だ。五月頭の話し合いで、一度は決まっていた青嵐強歩の班が再編されてこういう形になった。ちなみに謙信は彩香と同じ班だ。伊澄がぞろぞろ続く生徒の列の後方をうかがってみると、いつも明るくて若干《じゃっかん》チャラい謙信は、ガラにもなくはにかんだ様子で彩香としゃべっていた。

「がんばれー」

「歩きながらしゃべりすぎんなよ、水分とりすぎもよくないぞ」

歩いているうちに何度か通学途中の上級生とすれ違った。制服姿の先輩の中には手を振りながらアドバイスをくれる人もいたし、「山道きっついからなー！」といい笑顔で脅《おど》す人もいた。後輩たちが同じ苦しみを味わうのがうれしくてたまらない、という感じで。

今回の青嵐強歩は、だいたい一時間歩くごとに十五分程度の休憩がはさまれる。ただ後半になると生徒もバテてスケジュールが遅れぎみになることが予想されるので、みんなが元気な前半のうちは、距離を稼ぐために歩く時間が長めだ。それでもまだ歩くのは街なかのなめらかな歩道だから、あまりきつくはない。

ただ、それでも問題がひとつもないわけでもない。

「ここ、ちょっと難しそう。手伝ってもらっていい？」

細い道路に渡された信号のない横断歩道を渡り終えて歩道に上がろうとした時、六花が水色の車いすを停めた。道路と歩道の間の段差は七、八センチ。以前に六花が「五センチくらいになるとひとりで越えるのは無理」と話していたから、確かにこれは完全にアウトだ。

青嵐強歩本番を迎えるまでに、班のメンバーは昼休みなどの時間を使って田所に介助の仕方を教わってきた。段差や坂道などの傾斜の大きい場所での対応、階段の上り下りなど、ごく基本的なことばかりだが、六花にも協力してもらいながら今日に備えてきた。そして、いよいよ特訓の成果を見せる時が来たようだ。「俺が」と伊澄は進み出た。

まずは六花の車いすの背面にまわり、背もたれの上部についた介助用グリップをしっかりと握る。次にタイヤの内側下部についているバー（ステッピングバーというそうだ）を踏みこみ、車いすの前二輪のキャスターを浮かせる。バイクのウィリー走行のような感じだ。まず前輪タイヤを段差の上に静かに置き、次に後輪タイヤに段差を越えさせる。——できた。ずっと息を詰めていた伊澄は、肩から力を抜いた。

しかし、自分ではちゃんとできたつもりでいたが、腕組みして見ていた田所には「五十点だな」と言われた。予想以上に厳しい採点にショックを受けたが、眉を八の字ぎみにした六花の顔からも、本当にその程度の出来だったのだとわかる。

「どのへんがだめだった？」

「後ろのタイヤ持ち上げた時、車いすがグラッとしただろ。あれだと危ないし、ユーザーも怖い。後ろのタイヤは持ち上げんじゃなく、段差に這《は》わせる感じっていうか。持ち上げすぎるとキャスターだけ地面についてる状態になって車いすが傾くから、段差に沿わせてのせる」

「わかった、気をつける」

「あと、おまえ声がけ忘れてただろ。いきなり後ろから車いすを動かされるとユーザーが驚くから、動かす前にユーザーにちゃんと今から何をするか声かける」

「あー……」

そうだ。特訓中にも田所は「声がけ、地味に大事だから忘れんなよ」と何度も言っていたのだ。手順を追うのに精いっぱいで忘れていた。こういうところ、俺は本当に雑だ。

さらに四月のことを思い出して苦い気分になる。六花に初めて会った入学式の日、逃走する泥棒の行く手をはばんだ六花の車いすを予告なしに（しかも乱暴に）引っ張ったのだ。こっちとしては良かれと思ってしたことだったが、六花にはぴしゃりと言われた。

『あなたも自分の身体《からだ》を勝手につかまれて勝手に振り回されたら愉快じゃないですよね？』

あの時は「助けてやったのに」という気持ちがあってカチンときたが、今はもっともだなと思う。ほんの一ヵ月前のことなのに、なんだか何年も前のことのような気もする出来事を思い出していると、六花と目が合った。

どちらも同じことを思い出していたことが、見つめ合った時にわかった。伊澄が苦笑をこぼすと、六花も何だかくすぐったそうに笑った。

出発から一時間ちょっと経《た》った頃、歩道の向こうに最初の休憩ポイントである『りょうほう乳業』の看板が見えてきた。牛乳瓶《びん》と可愛い牛のイラストがついた看板だ。

「はいお疲れさま、って誰もまだ疲れてないよね！　まだ序の口だからね！　これからきっついよー、がんばってね。あとトイレ行っといたほうがいいよ！」

瓶入りのコーヒー牛乳を学級委員に配りながらにぎやかに励ましてくれるおばさんは、綾峰市内の給食の牛乳でおなじみの『りょうほう乳業』の経営者にして、約三十年前の綾峰高校卒業生だ。青嵐強歩にはこんな風に何人もの卒業生が協力してくれていて、この先の休憩ポイントでも飲食物を提供してくれたり、トイレを貸してくれることになっている。

「渡辺さん、これ。お母さんに」

班員にコーヒー牛乳を配る時、六花にだけ一本多く渡すと、六花は目をまるくした。本当は矢地が渡しに行こうとしていたのだが、それを伊澄が強引にもらってきたのだ。

「渡辺さんのお母さんは大人だから、もしかしたら平気かもしれないけど、知らない高校生たちの中で待機してるのってけっこう気を張ると思う。だから渡辺さんが顔見せてあげたら、お母さんも少しほっとするんじゃないかと思う」

それであわよくば母娘がうちとけて、六花が思い悩んでいるわだかまりが少しでも解消したらいいという下心も実を言えばあった。それは、六花にもバレていたのかもしれない。

「ありがとう」

ぽそっとお礼を言った六花は、ハンドリムを握って水色の車いすで走り出した。

六花の母親は、生徒たちがにぎやかにしている場所から少し離れた駐車場の、すみに停めた水色の車の運転席からこちらの様子を見ていた。娘が輪から離れてやってくるのを見ると、驚いた様子で外に出てきた。何かあったの？　とでも声をかけたのかもしれない。小さく首を横に振った六花が、車いすを停めてコーヒー牛乳の瓶をさし出すと、母親はさっきの六花と同じように目をまんまるくして、はにかみを含んだ笑顔になった。そこまで見たところで伊澄はそっと視線を逸《そ》らして、自分のコーヒー牛乳の紙フタを開けた。

正午過ぎに『綾峰自然公園』で一時間の昼食休憩をとったところまで、青嵐強歩はトラブルもなく順調だった。ここまでの歩行距離は約二十キロ。一日目のゴールである『綾峰青少年の家』まではあと十五キロ弱だ。強歩コースはじょじょに山に近づき、道の両脇は木々に囲まれ、野鳥の声が聞こえてくる。

「ゆるくて長い上りって、地味にクるよな」

「体力じわじわ削られる感じな」

「田所くんと荒谷くん、元気ないな。おれはまだ平気だよ」

「六花ちゃんは？　腕、大丈夫？　痛くなってない？」

「うん、まだ平気。私、腕が頼りだから毎晩筋トレしてるんだ。ほら、力こぶ」

街を出てコースが少し険しくなってきても六花は力強く車いすを進ませていたが、敵は傾斜ではなく意外なところにいた。ふと小さく眉をひそめた六花が、急に車いすを停め、タイヤを指で圧《お》してから、ため息をついた。

「パンクしたみたい。ガラスでも踏んじゃったかな」

これにはむしろ六花よりほかのメンバーのほうが泡を食った。

「パンク⁉　どうしよう、おれそういうの全然わかんない！」

「パンク直せるのって……自転車屋さんとか？」

「車いすのタイヤは自転車屋でも無理だと思うぞ。そもそもこのへん、自転車屋なんかねえし」

「大丈夫、自分で修理できる。母の車にメンテナンスキットを積んできたから」

「じゃあ、渡辺さんのお母さんにすぐ連絡して――」

「委員長！　ちょっと、やばい！」

列の後方から手を振りながら走ってくるのは小沢だった。かなり焦った表情から何かトラブルが起きたとはわかったが、聞かされた内容は予想以上に深刻だった。

「彩香がいなくなったみたいで」

「いなくなったって――どういうこと？」

「さっき公園でお弁当食べて、点呼取ったところまでは一緒にいたの。で、出発直前に彩香が

『学級委員の仕事があるから後から行くね』って言うから——そっか、わかった、ってうちら歩き出したんだけど、彩香、いつまで経っても戻ってこないし、スマホで連絡も入れたんだけど全然返事ないの。で、気づいたら上杉《うえすぎ》もいなくて」

昼食休憩後の点呼の時、伊澄も確かに女子の学級委員である彩香とやり取りした。だが点呼のあとはもう全員そろっているものと思い込んでいて、注意がおろそかになっていたのだ。

それにしても、彩香はいったいどこに行ったのか。しかも謙信まで？

六花が鍛え抜かれた発声で背中を叩くように言った。

「こっちは平気だから、荒谷くんは彩香ちゃんのこと捜して。早く」

後半戦に入ってくたびれてきた生徒たちの列はだいぶ間延びしてしまっており、教師たちは生徒たちの尻を叩くためにあちこちに散らばっている。矢地もコースの先のほうに行ってしまっているので、伊澄はひとまずたった今進んできた道を走って戻った。綾峰自然公園を発《た》ったのはついさっきなので、まだ一キロ程度しか離れていない。

今日はよく晴れているので、午後に入ってから気温がぐっと上がっていた。全力で走っているとすぐに汗が滴《したた》ってきて、伊澄はジャージの上着を脱いで腰で袖《そで》を結んだ。木々に囲まれた道の向こうに綾峰自然公園の看板が見えてきた時だ。こっちに歩いてくる人影がふたつ見えた。

「謙信！」

声を張ると、影の一方が手を挙げた。こんな一日歩きどおしのイベントの日でもおしゃれに前髪を決めた謙信。そして、並んで歩いている髪の長い女子は、やっぱり彩香だった。

「どうしたの？　二人で何やってんの」

「あー……ちょっと武井さん、調子悪くなって。それで休んでた。俺も付き添いしてて」

「それなら誰にでもいいからひと言伝えろよ。黙っていなくなったらびっくりするだろ」

「上杉くんは悪くないよ。私が勝手に帰ろうとしてたのに気づいて、そばにいてくれただけ」

いつもほがらかで誰からも好かれる彩香が、もう何カ月も笑っていないような無表情で淡々《たんたん》と言った。憂鬱そうな、投げやりな空気を、伊澄は彼女から感じた。

「帰ろうとしたって、どうして？」

「どうしてって訊《き》かれると困るけど、なんか、面倒になったから。嫌になったから」

彩香の返事では、明確な理由はわからない。それでも、思い当たることはあった。

この頃の彩香は、一見は普段と何も変わらないように振る舞っているが、学級委員の会合などで一緒になった時、彼女のやわらかくて明るい雰囲気が消えてしまったように感じていた。

あの日からだ。六花の青嵐強歩の参加をめぐってクラス中で話し合った時、六花には保護者が付き添うのは仕方のないことなのではないかという彼女に、それは差別じゃないかと言い返した。あの時、彩香は、傷ついた目をしていた。

「そんな顔しないでよ。私、本当はこんなものだから。いい人のふりしてるだけだから」

彩香は少しすさんだ笑みを伊澄に向けた。

「私はみんなが言うほど努力家でもないし、まじめでもないの。私は相手が言ってほしそうな言葉を選んで言ってるだけ。そのほうが楽だから誰にでも笑ってるだけ。ああでも、荒谷くんは気づいてたよね。私が六花ちゃんのこと邪魔だから、車いすじゃ行けないところに荒谷くんのこと誘ったり、六花ちゃんが本当はひとつ年上だって広めたこと。私は本当はそういうずるいやつだってこと。上杉くんも、私に色々よくしてくれるのはありがたいけど、もういいよ。上杉くんが見てる私って、作り物だから。本当の私は、わりと平気で卑怯《ひきょう》なこともできる、いい人間演じてるだけの汚いやつだから」

「知ってる。でもそれ、別に武井さんだけじゃないよ。少なくとも、俺は同じだ」

謙信の声は、軽くてチャラけている普段の姿と違い、とつとつとして深かった。

「だって、やっぱみんなにはよく思われたいし。だから俺だって面白いやつって思われるために、次は何を言えばいいかっていつも必死で考えてる。キャラ作ってる。そんなことやってる時点でめちゃくちゃダサいってわかってるけど、でも、そのままの俺でいたらもう本当にしょぼいから、しょうがないんだ。俺は伊澄みたいにすごい特技とかないし、素のままでも好かれてヒエラルキーの上にいられるやつじゃない。自分が一番わかってるんだ。だけどそれ、大抵の人がそうじゃないの？　そのくらいのフリとかフェイクくらい、たぶん誰でもやってるよ。誰だってほんの少しだけでいいから特別になりたいし、自分はここにいるって言うのに必死なんだよ。だから、少しくらいずるくたって、汚くたって、いいよ」

　謙信はひたむきな目で彩香を見つめる。

「俺は、少しずるくて汚い自分がわかってて、それでもいい人でいたいと思って努力する武井さんが好きです」

　伊澄はいきなりの告白に度肝《どぎも》を抜かれた。彩香も大きな瞳をゆらし、声もなく謙信を見つめている。……これは、もしかして、今すぐ気配を消して音もなく後ずさりしながら退散するべきシーンか？　そうなのか謙信？

　伊澄は「じゃあ、気をつけて追いかけてきて」とぼそぼそ言い置いてすばやくきびすを返した。走って二人から離れる途中、一度だけ肩ごしに様子をうかがうと、うつむき加減の彩香と謙信が、微妙な距離をはさみながらゆっくりと歩き出すのが見えた。――たぶん、大丈夫だ。謙信は、ちょっと軽くてチャラいけど、人の心には敏感で、傷ついている人には自然と手をさしのべる。そういうやつだ。

　その後、小沢に話を聞いたらしい矢地から『荒谷くん、今どこですか⁉　武井さんと上杉くんは⁉』と電話がかかってきた。彩香は体調を崩して自然公園で休んでおり、謙信はその付き添いをしていた、二人の無事を確認したので現在自分はみんなに合流するため移動中、と説明すると『こういう場合はまず先生に伝えるべきだと思うけど荒谷くんはどう思う⁉』とすごく怒られた。すみません、ごめんなさい、と何度も謝ってため息をつきながら通話を切ったところで、今度は前方から元気な声がした。

「荒谷くーん！」

手を振りながらコースを逆走してくるのは、童顔の長距離走者だ。

「おまえ、どうしたの？」

「謙信くんまでいないっていうから心配で、おれにも何かできることないかと思って」

ああ、と呟いた伊澄は、黙って後ろに人さし指を向けた。背伸びをして伊澄の肩ごしに指の先をのぞいた清彦は、それでおおよその事情を察したらしく「あ……」ともじもじしながら呟くと、伊澄と並んで走り出した。

「そういえば渡辺さん、どうなった？」

「修理に時間もかかるし、このままだとみんなから遅れちゃうから、少し予定を早めてお母さんと青少年の家に行ってるって。おれがこっちに来る前、お母さんの車に乗ってったよ」

青嵐強歩の後半コースは『綾峰青少年の家』に近づくほど傾斜の厳しい山道になり、これはいかに六花が不屈の精神の持ち主であっても車いすでは上ることができない。だから次の休憩が終わったら、六花は母親の車で青少年の家に一足先に向かう予定になっていた。それがパンクトラブルで早まった形だ。

走ることで起きる風が、汗ばんだ額《ひたい》を涼しくなでていく。伊澄は街なかで見上げるよりも、ずっと広く青く見える空を仰いだ。

謙信が言ったように、この世界では誰もが必死なのだ。今までは六花のような人たちが苦労を強いられることのないようになってほしいと思っていた。でも傷ついているのは、人知れず苦しんでいるのは、一見何事もなく生きているような人たちだってきっと同じだ。自分は彩香に、仕方ないのひと言で六花の苦しみを片付けないでほしいと求めた。でもそれなら同時に自分だって、彼女の苦しみを考えるべきだった。それがきっと、理解ということなのだ。

……なんてことを考えているうちに、いよいよわき腹の痛みが限界になってきて、伊澄は両膝《ひざ》に手をついてぜえぜえと息をついた。

「……清彦、先行ってて。俺もう無理だから、少し休んでくから」

「えー、荒谷くん、ほんとに瞬発力はあるけど持久力ないね。あ、そうだ。そういえば藤沼《ふじぬま》さんから、また速水くんのこと聞いたんだけど」

いきなりその名前を出されたので思わず顔を上げた。清彦は無邪気な笑顔で続ける。

「速水くん、中長距離に転向して、かなりいいタイム出してるって前に話したでしょ？　それでこの前ついに千五百メートルの部内記録更新したんだって！　すごいよね、短距離から転向したばっかりなのに。中長距離って持久力はもちろんだけど、最後のスパートで競《せ》る瞬発力も必要だから難しいと思うんだけど、速水くんには向いてたんだね」

その時、腹の底から突き上げた感情は、何というんだろう。

以前に速水が高校でも陸上をやっていると知った時に感じた、よかったとか、うれしいという気持ちとは違う。そんな風に澄み切ってなくて、もっと重量があって、かなり尖ってもいて、何よりものすごく熱い。――ああ、そうだ。これは。

負けたくない。

寝ても覚めても走ることばかり考えていた頃、自分を突き動かしていた闘争心。速水とだめになって、自分に心底失望してから、枯れ果てて消えてしまったと思っていたもの。それが今、温泉でも掘り当てたみたいに腹の底からすごい勢いで湧き上がってきた。

「速水くんもがんばってることだし、荒谷くんも陸上部に入ってエーススプリンターを目指さない？　なんちゃって――」

「入るかな」

一瞬きょとんとした清彦が「え!?」と声をあげた。伊澄は汗をぬぐいながら身体を起こし、息を吐いた。なんてザマだ。持久力がないのは元からだとしても、走り込みを欠かさなかった中学の頃はこの程度の距離でバテたりしなかった。身体がなまってる。何より精神がなまってる。こんなザマじゃ世界記録保持者なんて生まれ変わったってなれっこない。

「陸上部に入るって言った⁉　ねえ⁉」

「かな、って言っただけだ。とにかく今は鍛え直す」

負けたくない。速いことにかけては誰にも負けず、どいつもこいつも蹴《け》っ飛ばして、世界で一番速い存在でありたい。

いきなり隕石みたいに戻ってきたランナーとしての闘争心の、そのあまりの傲慢《ごうまん》さと強欲加減に自分でも笑えてきて、伊澄は走りながら声をこぼした。


まったくバカをした。彩香と謙信を捜すために、ただでさえ予定外の距離を往復したのに、清彦から速水の話を聞いてアホみたいにテンションを上げてしまい、今日のゴールまでまだ十五キロ近くあるということを忘れていた。

次の休憩ポイントでみんなに合流した時にはもう伊澄の体力は尽きる寸前で、さらにろくに休憩する暇もなく列が動き出したので、よれよれのまま山道を歩く羽目になった。

「荒谷くーん？　生きてますかー……？」

「だめだ、死んだ魚みたいな目をしてるよ。さっき、百メートルの新記録出す気なのかなってスピードで坂道飛ばしてたから」

「バカかよ、あと何キロあると思ってんだ」

さくらと清彦と田所が何か言っているが、もう声を出す余裕もない。右と左の足を交互に動かすだけで精いっぱいだ。リュックの重みすら肩に食い込んでつらい。足も痛い。絶対にマメができている。座りたい。音楽が聴きたい。自分の部屋のベッドに寝転がって。

同じような風景が延々と続く上り坂を歩いていると、頭の中が弱音でぱんぱんになって、リタイアしようかな、とけっこう本気で考えた。青嵐強歩では生徒が体調を崩した場合、車で待機している学年主任が拾いに来てくれるのだ。体調不良とは少し違うかもしれないが、わき腹は痛いし、喉の奥で錆《さ》びた鉄棒みたいな味がするし、ものすごく気分が悪いことには変わりない。病院も手当ても要らないから、青少年の家まで乗せていってもらえないだろうか。ちょっとズルかもしれないが、俺だっていなくなったクラスメイトを捜したりしてけっこうがんばったと思う。

そうだ、そうしよう、次の右足を出したら矢地に連絡しよう、と朦朧《もうろう》としながら考えた時、あたりの木々の葉をさらさらと鳴らしながら涼しい山の風が吹き抜けた。まるでその風が頭の中のアルバムをめくったみたいに、いくつかの光景がきらめきながらよみがえった。

逃走する泥棒の進路をはばんだ、誇り高い女王みたいな顔をした車いすユーザーの少女。

雨が降るなか、鳥かごのようなあずまやで、ひとり歌っていた後ろ姿。

本当の自分に戻りたいと吐露した顔。対話するために覚悟を決めた凜々《りり》しい顔。

不意打ちで自分の中からあふれてきたものに驚いて立ち止まりかけた時、三人分の手に背中を押された。

「荒谷くん、もうちょっとで休憩だから、がんばろう！」

「長距離制覇《せいは》のコツはね、止まらないことだよ！」

「次の休憩まで荷物持ってやるから貸せ、ほら」

田所がぶっきらぼうにリュックをとり上げて、さくらと清彦が左右から腕を引っ張るので、それを踏み出したらもう全部やめようと思っていた右足はとっくに次の左足と交代してしまった。伊澄は息を吐いて、リュックを持ってくれる田所にありがとうと礼を言い、腕を引っ張ってくれた清彦とさくらに大丈夫だと伝えた。苦しさは何も変わっていないが、もう足を止めようとは思わない。吹きつける清々《すがすが》しい風が、胸の中を洗っていく。

誰かが特別になった時、自分のなかにその人のための席ができる。

自分の場合、それは真っ青な空を背負った陸上競技場のスタンドだ。それも、フィールドの風景が一番きれいに見える特等席。現実の彼女が今ここにはいなくても、その席にはいつも自分が見てきた彼女が座っていて、自分は考える。今の自分を見たら彼女は何と言うのか。どんな顔をするのか。この自分は彼女に値《あたい》する人間なのか。

彼女はとにかく独立心に満ちて根性があるから、ペース配分を間違えてリタイアしたなんて聞いたら、あの幅広い感情表現のテクニックを駆使してそれはもう心底あきれた顔をするんだろう。その顔が本当にありありと想像できて、伊澄は歩きながら笑った。

そんな顔で叱られるのは嫌だから、根性で歩き抜くしかない。


山を登る後半戦は、やはりじわじわとスケジュールが遅れたし、途中でにわか雨に降られてリュックから雨具を引っ張り出さなければいけないような場面もあったが、なんとか生徒たちの列は地道にコースを進んだ。そして夕方四時半をまわる頃、坂道の先に『綾峰青少年の家』という少しインクの褪《あ》せた看板が見えた時、生徒たちから歓声があがった。

青少年の家は学校によく似た三階建ての建物だ。玄関前の芝生に生徒を集めた学年主任は、長い距離をお疲れさまとか、夕食は五時半からだから遅れないようにとか、そんなことを話していたが、体力が限界の伊澄はほとんど聞いていなかった。先生の話が終わったあと、ほかの疲労困憊《こんぱい》の生徒たちが次々と芝生に寝転ぶのに伊澄もならって、やわらかい緑色の絨毯《じゅうたん》に仰向けに倒れ込んだ。にわか雨の名残だろう、地面の感触がぬかるんだ感じだったし、背中がじわじわ冷たくなってきたが、横になれたのが気持ちよすぎて動けない。

「ちょっと、Tシャツが汚れちゃうよ。さっき雨降ったでしょ？」

軽く叱るアルトの声にまぶたを上げると、水色の車いすに腰かけた六花がすぐそばにいた。別れたのはほんの二時間ちょっと前のことなのに、すごくひさしぶりに顔を見た気がした。

「……そんなのもうどうでもいいです」

「体力ないなあ」

「パンク、直せた？」

「もちろん。私、いつかひとりでブロードウェーに行くために何でも自分で対処できるように鍛えてるから」

すごく彼女らしくて、大の字に倒れたまま伊澄は笑った。すると鼻先に、ペットボトル入りのコーラが突き出された。何だこれは？　目をまるくすると、六花は少し唇を曲げた。

「荒谷くんには、色々お世話になったから。お礼。私、借りはちゃんと返す主義なので」

別にお世話をしたつもりはなかったが、礼だと六花が言うのだから受けとった。細かな水滴がついたペットボトルの中の焦《こ》げ茶色の飲み物を陽《ひ》に透かすと、中学の頃、部活の帰りによくみんなでコーラを飲んだことを思い出した。速水と一気飲み競争をして、思いきり鼻にツンときてしまい二人で涙目になったことも。

そっと笑った時、光に透けたコーラと六花のショートヘアごしに、それに気づいた。伊澄は重たくなった腕を持ち上げ、空を指した。

「見て」

「え？」

指の先を追って頭上を仰いだ六花も、ふわりと目をまるくして、感嘆の声をこぼした。

「きれい」

じきに沈もうとする太陽が金色に染める西の空に、大きな虹が現れていた。さっきのにわか雨の名残と夕暮れの光がつくり出したものだろう。大きなアーチ型の門のようでも、どこか遠い国へつながる橋のようでもある七色の色彩は、金色の光にけぶる風景の中でひときわあざやかで美しかった。陸に上がったアザラシみたいに寝そべっていたほかの生徒たちも次々と虹に気づき、空を指して歓声をあげる。スマホをかまえて動画や写真を撮る者もいる。今までの疲労なんてすっかり忘れてしまったような明るいざわめきが、風に運ばれていく。

不意に、ひそやかな歌が聞こえてきた。

誰かに聴かせるためのものではない、自分のためだけにそっと口ずさむような歌だ。澄んだ声がやさしく空気を震わせながら、懐かしいような旋律を紡《つむ》ぐ。少しでも音を立てたらきっと我に返った彼女は歌うのをやめてしまうだろうから、伊澄は息をひそめて、虹を見上げながら歌を口ずさむ六花の横顔を見つめた。

その英語の歌は、伊澄も聴いたことがあった。小さな頃、学童保育で『オズの魔法使い』の映画を観た時に、主人公の少女が歌っていた。あの虹の向こうの空高くに、夢が叶う場所がある。確かそんな歌詞だった気がする。

『予言しよう。きっと君は、忘れがたい高校生活を送ることになる』

一カ月ほど前に母に予言された時、自分は否定した。きっと自分の高校生活なんて卒業して一週間もすればもう意識にものぼらないようなものになる。何にも本気にならず、誰にも心を開かず、そういうもので終わらせるつもりでいた。

でもきっと、この完璧な時間は、一生忘れることはない。

「あっ、またやっちゃった……」

歌声をとぎれさせた六花が、顔を押さえてうつむいた。歌がうまいという自負はあるわりに、照れるらしい。六花は眉を吊り上げて、八つ当たりぎみににらんでくる。

「ねえ、黙って聴いてないでくれる？　私、気分がのってくるとつい歌っちゃうの。もうこれはくせなの。歌い出したら止めてよ。みんなに気づかれたらドン引きされるじゃない」

きれいな虹の下で、夕陽をあびた彼女の髪と頰の産毛《うぶげ》がやわらかく光っている。見入っていると、六花はますます眉を吊り上げた。

「聞こえてる？　もしかして目を開けたまま寝ちゃってるの？　何か言ったら？」

そうだ、言おう。今がその時だ。

きっと謙信もこんな気持ちだったのだ。伊澄は起き上がり、彼女をまっすぐに見つめた。

「好きです」

六花の目がまるくなって、落っこちてしまいそうなくらい大きくなって、雨だれを受けた水たまりのようにゆれた。

＊

青嵐強歩二日目は、午前三時半起床。午前三時二十分にセットしておいたスマホのアラームが鳴り響き、六花は簡易ベッドの上に起き上がった。寝起きはいいほうだ。アラームを止めて、ベッドに寄せておいた車いすにきちんとブレーキがかかっていることを確かめてから、頭の中でリズムを取って乗り移った。

並べて敷かれた布団の中で、同室の四人の少女たちはもぞもぞと動きながらも、起き上がる気配がない。しょうのない子たちだ。もしかして普段学校に行く時もお母さんに起こしてもらっているんだろうか？　六花は車いすを進めて、電灯のスイッチに近づいた。

「みんな、照明点《つ》けるね」

「ちょ待っ――ぎゃあー！　目つぶれるー！」

「渡辺さん、寝起きよすぎない……？　なんでそんなしゃきっとしてんの……？」

「六花ちゃんは、どんな時差の国に行っても起きられるように訓練してるそうなので……」

白い蛍光灯の光に寝起きの目を直撃されて、小沢、西本、さくら、彩香がよろよろと起き上がる。青嵐強歩の班は男女混合だが、就寝する部屋は男女別なので、話し合いでこの五人が同室になった。色々あったので最初こそぎこちないところもあったが、お風呂を済まして布団に入って話をするうちに、小沢や西本とはずっと前から友達だったみたいに打ち解けた。さくらも二人とだいぶ親しくなったようなので、この様子ならこれからの山登りも、彼女たちと一緒に楽しくやれるだろう。

「私、みんなより時間がかかるから先に準備始めてるね」

まだ目がしょぼしょぼで動き出せない女の子たちに声をかけて部屋を出ようとした時、

「六花ちゃん」

と後ろから声がかかった。車いすを停めてふり返ると、Tシャツにスウェット姿の彩香だ。

「……何か、手伝えることある？」

微妙に視線を逸らす彩香の声は、普段の快活な彼女からすると小さい。その理由は何となくわかっている。女子同士は、はっきりと言葉にしなくても何となく通じてしまうものだ。

「ひとりで大丈夫。ありがとう、彩香ちゃん」

「……うん」

「あと、私とさくらを同じ部屋に入れてくれたことも、ありがとう。すごく楽しかった」

彩香が自分をどう思っているにせよ、楽しかったのは本当だから笑って言った。つられたように彩香も小さく笑った。ちょっと苦笑に近い感じ。でも彼女はやっぱり、笑顔が似合う。

身支度を終えた一行は、眠い、寒い、おなか減ったとぼやきながら、青少年の家の玄関前に向かった。同じジャージ姿の生徒たちもぞろぞろと集まり始めている。六花はみんなに「じゃあね」と手を振り、駐車場に向かった。そこで母が待っている。いつもよりスピードを上げてハンドリムを回したのは、彼と顔を合わせたら気まずいからだ。

「おはよう。ちゃんと眠れた？」

母は車のそばで待っていたが、そう訊ねる母のほうが少し眠そうだった。車いす生活になってから父が購入したこの車は、スロープを使ってトランク部分に車いすのまま乗り込むことができる。乗り込んだ六花がブレーキをかけ、安全ベルトで車いすを固定したのを見届けてから、母も運転席に乗り込んだ。そのタイミングで訊いた。

「お母さんこそちゃんと寝たの？　もしかして矢地先生と同じ部屋、気まずかった？」

「ううん、逆なの。矢地先生も宝塚《たからづか》ファンで、それで寝るのも忘れて盛り上がっちゃって」

六花はあきれてバックミラーごしに母を見た。

「二人とも大人なのに何やってるの」

「六花、大人というのは、歳《とし》をとった少年少女のことなのよ」

そんな叡智《えいち》をたたえた表情で言われても。

でも心なしか、母は声と表情がいつもより明るい。いつも二人きりになると少し緊張感が漂うのに、今日はそれがない。

駐車場から少し離れた玄関前では、生徒の集合が完了したようで、学年主任の先生が前に立って話をしていた。その後間もなく一年A組から生徒たちが動き出した。夜明け前の薄暗い空の下、ジャージを着た少年少女たちが山の頂《いただき》を目指して進んでいく。傾斜がきつくて車いすではとても登れない道を、彼らは友達と笑いながら、すこやかな足で歩いていく。

「――六花も、みんなと一緒に登りたいよね」

フロントガラスからその様子を見ていた母が、ぽつりと声をこぼした。

不意に、その時が来たことを悟った。きっと今を逃したら、もう言えない。

「確かに、みんなと一緒に登れたらいいと思う。でも、そうじゃないこの私で生きていくんだって、今は思ってる。ちゃんと生きていける自分でいたいって今は思ってる。――お母さんが家を出ていって、ひどいことをしたってわかってから、そう決めたの」

運転席の母が、こちらに顔を向ける。大きく開かれてゆれる目。

こわい。また傷つけたらどうしよう。怖気《おじけ》づきかけた時、なぜか、彼の顔が浮かんだ。そうしたらくっきりと声が出た。

「入院してた頃、ひどいことたくさん言ってごめんなさい。八つ当たりしてごめんなさい。傷つけて、ごめんなさい。ゆるしてくれなくていいから、無理して家に戻ろうとか考えなくていいから、でもお願い、見てて。私、ちゃんと生きるから。それができる人間になるから」

いっぱいに開かれていた母の目にみるみる涙が溜まり、頬にこぼれ落ちた。

顔を覆《おお》ってうつむく母の姿が、曇りガラスを通したようにかすんで、自分も泣いているのだと気づく。かなしいわけではないのに。

「六花が謝ることないのよ。私こそごめんね。強くなくて、ごめん。色々、ちゃんとうまくできなくてごめん。母親なのに、逃げてごめん」

逃げたなんて、母はずっとそう思っていたんだろうか。それは違う。具合が悪いから横になるみたいに、痛み止めを飲むみたいに、それは必要な手当てだったのだ。

「お母さんも、ちゃんと生きる。もっと強くなる。そうしたら――家に戻っていい？　もう一度、六花と暮らしたい。一緒に朝ごはんを食べて、同じ家の中で眠りたい」

うん、とかすれて頼りない声で答える。こんな声じゃとても舞台には立てない。誰の耳にも、心にも届かない。だけど今はそれが精いっぱいだった。うん、と母も同じような涙声でささやいて目もとを押さえた。

コンコン、と控えめなノックが聞こえた。顔を上げると、矢地先生が運転席の窓から心配そうにのぞきこんでいる。母が「大丈夫ですから」というように手を上げて応えると、矢地先生は「そろそろ出発してください」と身振りで合図した。車を使う六花と母は、生徒が全員出発してから車用の登山道を行くことになっていた。

ついさっきまで夜の続きのようでしかなかった深い藍《あい》色の空は、今はあざやかな青に透け始めていた。その青は東に向かうにつれてラベンダー色、そしてオレンジ色に変化していく。その美しいグラデーションの彼方《かなた》に、ひときわ鮮烈な金色に燃える一角がある。午前三時半なんて無茶な時間に起きてすぐに山登りをするのは、山頂であの金色に燃える朝陽が昇る瞬間を見るためだ。

「ねえ、ところで」

登山道を登りながら、母が内緒話をするみたいな声で話しかけてきた。

「昨日、荒谷くんには、何て答えたの？」

耳を疑った。

「なんで知ってるの⁉」

「あの荒谷くんって、前に六花の様子を見にうちに来てくれた子でしょ？　昨日、生徒さんが青少年の家に到着した時にあの子を見かけたから、もう一回ご挨拶しておこうと思ったの。でも先に六花があの子のところに行くのが見えたから、あれあれ？　と思って見てたらなんだかいい雰囲気で、あとはほらあの子が――あっ、でもその先は見てないから！　若い人たちの邪魔をするまいと思ってすぐに戻って夕飯のカレー作りを手伝ってたから」

「そこまでのぞき見してれば十分だよ！」

　まさか母に見られていたなんて。顔を押さえてへなへなとうつむいた。しかし元来恋の話が好きな母は、こっちの気も知らないで声を弾ませる。

「それで、つまり、お付き合いをするのかな？　そういうことになったのかな？」

「なってません」

「えっ、じゃあ断っちゃったの？」

「……『今は何とも言えないので持ち帰って検討します』って答えたら『よろしくどうぞ』ってあっちも」

「えぇー、変な子たちねぇ」

　そう、確かに彼は変わり者だ。あまり自覚はないようだが、大抵の人は駅で泥棒を見ても追いかけないし、車いすユーザーを見るとどうしても少しひるんで後ずさってしまうものなのだ。

でも彼はそうではなかった。何度でもまっすぐに向かってきてくれた。

窓に顔を向けると、もうすぐそこに迫った山頂が見えた。何にもさえぎられることのない広い空が、美しい青と金色に染め上げられている。ぞくぞくと山頂に到着する生徒たちの姿が、逆光を受けてシルエットのように見える。あの中のどこかに、彼もいる。

「――よく性格きついって言われるし、わりとその通りだし、目立ちたがりだし、そのうえ車いすで、しかも年上なんだよ。どうして私なの？　どう答えればいいの？」

こっちは昨日の夜からほとんど眠れずにそのことばかり考えていたのに、バックミラーごしにほほえんだ母は言う。

「どうしてかは彼にしかわからないし、どう答えるかは六花にしか決められないでしょ」

「少しくらい相談に乗ってくれても」

「あなたはずっと自分のことは自分で決めてきたじゃない。それが六花でしょ。――ああ、でもほら、あなたが好きな『サウンド・オブ・ミュージック』の歌にあるわよね。あなたがここにいて私を愛してくれる、それなら私は何かいいことをしたのでしょう、って」

そういうことなんじゃないの？　やわらかい声で言いながら母は山頂の広場のすみに車を停めて、バックドアを開放し、スロープを下ろしてくれた。車いすをバックさせてそのまま慎重にスロープを下りると、地面は未舗装で土や石が剝き出しだった。――どう答えればいいんだろう？　私は、これくらいのことでもう身動きがとれなくなるのに。

山頂には転落防止のフェンスがめぐらされており、その中でも昇ろうとする朝陽に一番近い場所に大勢の生徒が集まっていた。他クラスの男女が二人、しっかりと手をつなぎながら寄り添っているのが見えて、思ってもみないほど苦しくなった。——どう答えればいいの？　手をつないで歩くことだってできないのに。

「ここで何してんの？　日の出もうすぐだよ」

いきなり後ろからずっと考えていた人の声が聞こえたので、大げさなくらい肩がはねた。

学級委員の仕事でもあったんだろうか。みんなが集まっているのとは逆方向から現れた伊澄は、まだ夜明けの時刻で、おまけに山のてっぺんだからあたりは寒いくらいだというのに、上は半袖のクラスTシャツだけ、ジャージの上着は腰で袖を結んでいた。

「その恰好、寒くないの？」

「早めに起きて走ってたから逆にちょっと暑い」

「早めに起きてって、それ何時？」

「三時くらい？　それより、あっち行かないの？　……あ、もしかしてここ動きにくいのか？

地面、でこぼこだもんな」

何も説明していないのに伊澄はさっさと車いすの後ろにまわりこむ。背中のすぐそばに彼の気配を感じて動揺していると「あ」と声が降った。彼が横からのぞきこんできた。

「押していいですか？」

――なんの声かけもなしにグリップを引っ張ったり、車いすの向きを変えたりするのはやめてください。ユーザーをすごくびっくりさせます。

彼に初めて会った日の自分の口調は、かなりつっけんどんだった。知らない男の子に突然助けられて、すごく驚いてしまった反動で。

グリップを握った伊澄がゆっくりと車いすを押し出すと、耳もとにさわやかな風が起きた。山頂の東側のフェンスに近づくと、彩香たちと一緒にいたさくらがこちらに気づいて「六花ちゃん！」と笑顔で手を振った。彩香も、その隣にいた謙信も、田所と清彦も、手を振ってくれる。

みんなが集まる展望台スペースの前に、十センチくらいの段差があることに気づいた。少し焦った時、頭の上から落ち着いた声が聞こえた。

「上げます」

ゆっくりと車いすが後ろに傾き、前輪が持ち上げられ、まず前輪が段の上に置かれたあと、やさしく段差に沿わせるように後輪も置かれた。慎重で、丁寧で、いたわりのこもった介助だった。急に目の奥が熱くなった。

どうして彼にとってその相手が自分なのかはわからない。だって絶対にほかの女の子に比べてできないことが多いし、面倒なことだって多いし、きっと彼に迷惑をかけることもたくさんある。おまけに歳だってサバを読んでいたのに。

でも、どうして自分には彼でなくてはいけないのか、その理由はもうわかっているのだ。

本当はもうずっと前から、知っていたのだ。

「伊澄くん、昨日のこと」

後ろに首をめぐらせて見上げると、伊澄が目を瞠った。彼の黒々と色が深くて大きな虹彩に、次の瞬間、金色の光線が走った。

「昨日言ってくれたこと、私も——」

言葉は途中で明るい歓声にかき消されてしまった。フェンス前に集まった生徒たちが笑顔でスマホをかまえたり、きれい、と興奮した声をあげている。綾峰山の頂から見下ろす森と、街並みのはるか彼方に、まばゆい金色にかがやく光の球が見える。そこからあふれ出す光が一瞬にして世界の色彩を変えていく。昔の白黒映画のように色褪せていた風景が、命を吹き込まれていく。それは、本当に美しい、世界が生まれ変わったような一瞬の奇跡だった。

しかし、それはそれとして。

こっちを見つめる伊澄は目をまるくしたままだ。これは、聞こえなかったのだ。え、もう一回言わなきゃいけないの？　うそでしょ？　ミュージカルの台詞《せりふ》ならひとり稽古《げいこ》で散々口にしてきたし、その中には愛の告白も少なくなかったのに、今はついさっき自分が口にしたほんのひと言をもう一度言葉にすることが、どうしてもできない。

赤面しながら固まっていると、ふは、と急に伊澄が息をこぼした。

すごく照れくさそうで、でもすごくうれしそうで、いつもスンとすましている彼にしては意外なくらい子供っぽい笑顔だ。

生まれたての光のなかで笑う彼の、やさしい目が答えている。イエス、と。

ああ。

小さな頃、運命のように出会った夢を追いかけて、だけどその途中で突然目指していた扉が閉ざされた。そして世界は色を失った。絶望の底にうずくまっているだけの自分はゆるせなくて、もう一度立ち上がって神様がどこかに開けてくれた窓を探そうと決めたけれど、それがどこにあるのか、本当に自分に見つけることができるのか、不安はいつも消えなかった。

でもあなたが笑った今、窓が開いた。

そこから見える世界は、ほら、こんなにもカラフルだ。

《初出一覧》

「青春と読書」２０２１年８月号～２０２２年７月号

単行本化にあたり、加筆・修正いたしました。

阿部暁子●あべあきこ
岩手県出身。『陸の魚』で雑誌Cobalt短編小説新人賞に入選。『いつまでも』で2008年度ロマン大賞受賞。著書に『鎌倉香房メモリーズ』(全5冊)『どこよりも遠い場所にいる君へ』『また君に出会う未来のために』(集英社オレンジ文庫)、『室町繚乱』『パラ・スター〈side 百花〉』『パラ・スター〈side 宝良〉』(集英社文庫)、『金環日蝕』(東京創元社)など著書多数。

カラフル

2024年2月29日 第1刷発行
2024年12月11日 第2刷発行

著　者　阿部暁子
発行者　今井孝昭
発行所　株式会社 集英社
〒101-8050　東京都千代田区一ツ橋2－5－10
03-3230-6352／編集部
03-3230-6080／読者係
03-3230-6393／販売部(書店専用)
印刷所　大日本印刷株式会社
製本所　ナショナル製本協同組合

ISBN 978-4-08-790152-8 C0093